LES
TROIS HOMMES
NOIRS

PAR

LUC-CHARDALL

auteur de

LA FERME AUX LOUPS

IV

PARIS

L. DE POTTER, LIBRAIRE-ÉDITEUR

RUE FONTAINE-MOLIÈRE, 27

LES TROIS HOMMES NOIRS

BIBLIOTHÈQUE

DES

MEILLEURS ROMANS MODERNES

2,100 vol. environ, format in-8°. — Prix : 2,500 fr.

Cette collection contient les NOUVEAUTÉS de nos auteurs les plus en vogue publiées jusqu'à ce jour par la maison, lesquelles sont accompagnées d'affiches à gravures et autres.

Les Libraires qui feront cette acquisition recevront **GRATIS** *cent exemplaires du Catalogue complet* et détaillé *avec une couverture imprimée à leur nom* pour être distribués à leurs abonnés.

La Maison traite de gré à gré pour un nombre moins considérable de volumes à des conditions très-avantageuses.

Le prix de chaque ouvrage, pris séparément, est de *cinq francs* net le volume.

Grandes facilités de payement moyennant les renseignements d'usage. Le Catalogue se distribue gratis aux personnes qui en feront la demande par lettres affranchies.

Wassy. — Imprimerie de Mougin-Dallemagne.

LES

TROIS HOMMES

NOIRS

PAR

LUC-CHARDALL

auteur de

LA FERME AUX LOUPS

IV

PARIS

L. DE POTTER, LIBRAIRE-ÉDITEUR

RUE FONTAINE-MOLIÈRE, 27

LES
PRINCES DE MAQUENOISE

H. DE SAINT-GEORGES

auteur de l'*Espion du grand monde*, un *Mariage de prince*, et des œuvres dramatiques suivantes : les *Mousquetaires de la Reine*, le *Val d'Andorre*, la *Reine de Chypre*, la *Fille du régiment*, etc., etc.

Les *Princes de Maquenoise* ont produit une grande impression à leur apparition.

Cette impression est due non-seulement au mérite de ce livre et au nom de l'auteur, mais à ce qu'on y retrouve les brillantes qualités des meilleures productions de M. de Balzac.

Originalité puissante du sujet, observation merveilleuse du cœur humain et de la vie sociale, de la vie de Paris, surtout ; cette tendre et religieuse philosophie de l'âme qui touche parfois aux idées les plus élevées, et explique la popularité si générale, si européenne des romans de Balzac, voilà ce qui existe à un degré très-éminent dans les *Princes de Maquenoise*.

Quant à la partie théâtrale et saisissante du drame, on peut s'en rapporter à M. de Saint-Georges, l'auteur de tant d'ouvrages dramatiques qui depuis quinze années font la fortune de tous les théâtres de notre capitale et des pays étrangers.

Un auteur d'une grande valeur, Mᵐᵉ Ch..... R....., disait en achevant un livre de M. de Saint-Georges : Quand on termine un de ses chapitres on croit toujours voir baisser la toile.

C'est à la fois un grand éloge et une vérité.

LES
MYSTÈRES DE LA CONSCIENCE

ETIENNE ENAULT

La conscience est assurément le plus étrange et le plus terrible attribut de l'âme humaine. Le roman et le théâtre l'ont déjà étudiée en ses diverses manifestations. Mais, nous osons le dire, jamais ses mystères n'ont été aussi savamment approfondis que dans l'œuvre dont nous signalons ici la publication.

Presque toutes les fois qu'on a dramatisé le remords, on a mis en scène des assassins n'inspirant que terreur ou dégoût et fatalement marqués pour l'échafaud. Tôt ou tard la loi intervient, les coupables sont punis, en sorte que la justice de Dieu, n'est, en réalité, que la justice des hommes. Conclusion salutaire mais incomplète. Dans LES MYSTÈRES DE LA CONSCIENCE, M. Étienne Énault a voulu dégager le principe divin de toute appréhension causée par le code criminel et donner ainsi au remords son caractère le plus saisissant et le plus moral. Il a fait de Maxime Tréhouart une sorte d'ange rebelle, dont le forfait n'est point irréparable, mais qui a résolu de dompter sa conscience. Dans une lutte acharnée le titan est vaincu, et son repentir amène sa rédemption. Ici, tout est indépendant de la vindicte sociale. Dieu seul est le justicier : ce qui prouve que rien n'échappe à sa loi souveraine, éternelle.

Autour du personnage principal, dessiné avec une vigueur peu commune, se groupent des types variés, odieux ou charmants, qui rappellent l'énergie de Balzac et la grâce de George Sand. Quant au style, nous croyons qu'aucun ouvrage dramatique n'est écrit avec plus de force, d'élégance et de pureté.

Wassy. — Imprimerie de MOUGIN-DALLEMAGNE.

CHAPITRE QUATRIÈME
(Suite.)

IV

1

IV

— Je vous jure, mademoiselle, repartit
France du ton de joyeuse franchise qui lui
était habituel, que quelqu'entendus, quel-

qu'excellents que soient les soins que vous
me promettez d'un médecin quelconque,
ils ne me feront jamais autant de bien que
les vôtres ; et je vous jure encore que je
vous aurai toujours une grande reconnaissance de votre charitable humanité envers
un pauvre diable que vous ne connaissiez
d'aucun côté. Cela prouve en faveur de
votre cœur, et, pour moi, le cœur est tout.
Maintenant, je croirais abuser de votre généreuse hospitalité en restant plus longtemps votre hôte. Cette petite écorchure

n'est rien ; j'en ai reçu cinquante plus graves qui ne m'ont jamais coûté une visite de
docteur. Le remède que votre instinct vous
a fait employer est le meilleur et le plus
simple : une goutte d'eau froide ; c'est celui
que j'emploie toujours à l'occasion. Permettez-moi donc de vous quitter. Je ne dois
pas être éloigné de Paris et je me sens de
force à m'y rendre à pied, car je ne pense
pas que mon cheval, une fois libre de son
cavalier, soit demeuré sur la route à m'attendre. Je me passerai de lui.

— Votre cheval a été arrêté dans sa course par un domestique qui l'a ramené ici, dit la jeune fille.

— Encore un service que je vous devrai, mademoiselle, reprit France en riant. Je vous avoue que je préfère courir six heures à cheval que de marcher une demi-heure à pied. J'étais né pour faire un centaure. Vous avez été pour moi, à mon arrivée à Paris, où j'aurai peut-être plus d'un danger à braver, plus d'une entreprise difficile à conduire, vous avez été pour moi, mademoiselle, ajouta France en prenant la main

d'Athénaïs et en la portant respectueuse-

ment à ses lèvres, un bon ange qui m'a se-

couru à mon premier malheur. A chaque

malheur qui viendra me frapper désormais,

je songerai à vous, à cette jolie petite mai-

son, la première dont j'aie franchi le seuil

au bord de cette grande ville, et je me dirai

avec regret : Pourquoi mon bon ange n'est-

il pas là aujourd'hui ? Pourquoi suis-je trop

éloigné de la petite maison de Saint-Mandé

pour pouvoir encore y aller chercher un refuge et du secours ?

Le jeune homme, après avoir prononcé ces derniers mots d'un accent plein de reconnaissance, salua profondément la jeune fille et sortit.

Quelques minutes après, le bruit des pas de son cheval résonnait au loin sur la route.

Et il y avait une grande heure que ce bruit avait tout à fait cessé, et France était déjà bien loin, que la fille de Noireau, sans

voix, sans respiration, presque sans pensées, était encore immobile à la place où il
l'avait laissée et croyait encore sentir, sur
la peau satinée de sa main, la brûlure qu'y
avait imprimée le baiser respectueux du
jeune homme.

Cette entrevue de quelques instants amenée par une simple chute de cheval, cet entretien où quelques paroles banales avaient
seulement été échangées entre deux jeunes
gens jusque-là étrangers l'un à l'autre, de-

vaient avoir, au moins pour l'un d'eux, d'étranges résultats.

Au bout d'une heure, France avait déjà oublié l'entretien et l'entrevue. Dans le premier moment, lorsqu'il était encore à demi évanoui et qu'il avait aperçu, voltigeant au-dessus de sa tête, le ravissant visage d'Athénaïs, il avait été véritablement ébloui de sa remarquable beauté et tes regards n'avaient pu s'empêcher de trahir son admiration. Mais le cœur du jeune homme possédait contre les traits partis des yeux ardents de la fille de Noireau, une égide invulnérable : c'était le souvenir toujours vivant de la suave candeur, de la touchante beauté de la fille du baron de Penhoët. France pouvait trouver belles une infinité de femmes, mais il ne pouvait en aimer qu'une, et celle là, c'était Jetta.

Il n'en était pas de même d'Athénaïs.

Née avec une nature ardente, dont son éducation et son isolement presque claustral avaient plutôt développé qu'éteint les ardeurs inassouvies, elle avait éprouvé à la

première vue du jeune homme quelque
chose d'indéfinissable qui l'avait à la fois
étonnée, effrayée et ravie. Il y avait là dedans de la souffrance et du bonheur.

Athénaïs, savante autant que femme au
monde, mais par instinct seulement, en
tout ce qui était passion, était encore, en
fait, d'une innocence extrême. Elle avait
depuis longtemps déjà deviné et compris
ce qu'était l'amour et toutes ses joies, mais
n'ayant encore jamais rien ressenti, elle
ignorait les symptômes auxquels se recon-

naissent et les amours qui viennent et les amours venus.

Cette figure mâle et fière, pâle sous le sang qui la couvrait, cette taille vigoureuse et bien prise, ayant dans ses allures un certain air militaire et décidé, ce grand œil noir qui, cela se voyait, ne devait jamais se baisser devant celui d'un autre homme et qui s'était fait humble et admirateur devant le sien, tout cela avait frappé la jeune fille dans la partie la plus intime de son cœur, et avait fait courir dans toutes ses veines un frisson de bonheur mêlé d'angoisse.

Jusque-là, la nature avait seule parlé en elle ; le raisonnement n'y était encore pour rien. Elle aimait déjà avec toute la passion qu'elle devait apporter dans l'amour, et elle l'ignorait encore.

Lorsque France fut parti, elle se figura qu'il allait revenir. Il lui paraissait impossible qu'il fût parti ou qu'il ne revint pas.

Elle l'attendit ainsi toute la nuit, tout le jour suivant, toute la nuit suivante, sans qu'un seul instant sa pensée s'arrêta sur cette hypothèse qu'elle pouvait ne plus le revoir.

Si cette pensée lui fût arrivée au cœur, elle en serait morte.

La vue, la présence de ce jeune homme dont elle ignorait tout, jusqu'au nom, faisaient à présent partie intégrante, inséparable de sa vie.

Le quatrième jour, elle était debout contre la fenêtre, à la même place qu'elle occupait derrière la vitre quatre jours auparavant, lorsqu'elle l'avait aperçu pour la première fois porté dans les bras des hommes qui l'avaient trouvé évanoui sur la route, et, comme elle faisait depuis quatre jours, elle l'attendait.

Tout à coup, ainsi qu'elle avait retenti quatre jours auparavant, la cloche de la grille retentit.

Chacun de ses tintements eut un écho dans le cœur de la jeune fille.

Un serrement convulsif suspendit sa respiration l'espace d'une seconde, un éblouissement causé par un bonheur dont jusqu'à ce moment elle n'avait jamais conçu l'idée, tomba sur ses yeux et l'aveugla ; puis, sans avoir rien vu de ce qui se passait dans la cour, emportée par une impulsion trop violente et trop instantanée pour être raisonnée, elle s'élança à la porte, prête peut-être à se jeter la première dans les bras de

celui qui revenait enfin.

Cette porte s'ouvrit et Athénaïs, lancée en

avant, s'arrêta comme si elle eût été frap-

pée de la foudre.

Celui qui entrait ne ressemblait en rien

à France.

C'était l'Italien Jacopo.

CHAPITRE CINQUIÈME.

V

L'Italien diplomate.

Jacopo entra le corps ployé en deux, le sourire aux lèvres, l'air béat et tout confit au miel.

— Que voulez-vous ? que venez-vous

faire ici ? qui vous y a mandé ? s'écria la

jeune fille, en qui l'affreuse déception qu'elle

venait d'éprouver avait fait surgir soudain

une colère terrible, et qui fixait sur l'agent

secondaire de la police secrète un regard

chargé de menaces.

Jacopo salua plus bas, sourit plus agréa-

blement encore et répondit de sa voix de

castrat, avec cette volubilité de langage

naturelle aux Italiens :

— Que mademoiselle me pardonne. Je
pars dans une heure. Je vais rejoindre monsieur son père, ce digne, cet excellent
M. Noireau. Je veux lui donner des nouvelles
de sa charmante fille, la belle, la divine
Athénaïs. Je viens en chercher pour en
avoir de toutes fraîches.

— Ah ! vous allez voir mon père ? reprit
Athénaïs d'un ton radouci, mais toujours
d'un froid glacial. C'est différent. Dites-lui
que j'attends son retour avec impatience.

En même temps, elle le poussait vers la porte.

Mais Jacopo n'était pas venu à Saint-Mandé, ce soir-là, uniquement pour chercher, comme il l'annonçait, des nouvelles fraîches de la jeune fille. Sa visite avait un autre but.

Il fit un crochet, et, toujours saluant, toujours souriant, regagna le milieu du salon.

— Mademoiselle a-t-elle réfléchi de nouveau à la proposition que je lui ai faite dans

le temps ? demanda-t-il.

— Quelle proposition ? demanda à son

tour la jeune fille, à cent lieues de suppo-

ser la vérité.

— Celle de faire le bonheur du plus hum-

ble et du plus enflammé de ses adorateurs,

en devenant madame Jacopo.

La fille de Noireau se redressa comme si

elle eût été piquée par une vipère.

— Je croyais vous avoir répondu à ce

sujet de manière à vous ôter tout espoir

que je changerais jamais de sentiment, dit-elle.

Jacopo lissa du revers de sa manche le fond de son chapeau à longs poils.

— Il y a souvent de la sagesse à savoir changer d'avis à propos, fit-il tranquillement.

— Que voulez-vous dire ? Est-ce une menace ? s'écria la jeune fille d'un air de mépris écrasant.

Jacopo protesta par un geste énergique,

contre la pensée qu'on semblait lui attri-
buer.

— Grand Dieu ? dit-il ; une menace !
moi, qui donnerais mes jours, tous mes
jours, depuis le premier jusqu'au dernier,
pour vous épargner un chagrin, une con-
trariété, un simple pli sur votre joli front ;
moi qui suis tellement votre esclave, que
pour vous plaire, puisque c'est toujours
votre idée, dans ce moment-ci, de ne pas
vouloir devenir madame Jacopo, je me
condamne à ne plus vous parler de moi.

— Ce que vous avez certainement de mieux à faire, interrompit Athénaïs.

— Moi qui ne suis venu si tard vous voir, continua Jacopo de sa voix la plus insinuante et en pesant sur chacun de ses mots afin de ne rien perdre de l'effet qu'ils allaient produire sur la jeune fille, que pour vous aider, autant que mes petits moyens le permettent, dans l'œuvre charitable que vous avez si généreusement commencée il y a quelques jours. Ah ! que mon digne ami, cet excellent et si bon M. Noireau, va être heureux et fier de sa chère fille, ajouta-t-il en

levant béatement ses yeux au ciel, lors-

qu'il apprendra de ma bouche votre si cha-

leureuse intervention en faveur d'un pauvre

inconnu blessé.

Jacopo n'avait pas achevé de prononcer

ses premiers mots qu'Athénaïs, avec cet in-

tuition inconcevable dont les femmes seules

possèdent le secret en certaines matières,

avait deviné tout ce qu'il allait dire. Son

cœur battit avec violence au souvenir de

cet inconnu qui, depuis quatre jours, était

devenu son unique pensée, mais son visage
resta calme et l'Italien en fut un instant
pour ses frais de pénétration.

— Mon père, dit-elle froidement, sans
essayer de paraître n'avoir point compris
le sens de l'allusion, ne s'étonnera pas d'une
façon d'agir qui eût été la sienne s'il se fût
trouvé à ma place. Mais j'ai lieu de m'é-
tonner, monsieur Jacopo, ajouta-t-elle avec
hauteur, que vous soyez si bien informé
de choses qui ne doivent en rien vous
regarder.

Jacopo poussa un soupir à faire tourner tous les moulins à vent de Montmartre.

— Ah ! mademoiselle, s'écria-t-il, croyez-vous qu'il soit si facile de vous chasser de son cœur quand on vous l'a donné tout entier. Vous m'avez banni de votre présence et enlevé l'espoir, mais vous ne pouvez m'empêcher de penser à vous, et de m'occuper de vous sans cesse. Vous voir de loin, puisque je ne puis plus vous voir de près, est le seul bonheur qui me reste ; et si vous n'étiez pas animée contre moi de sentiments aussi hostiles, vous auriez depuis longtemps

deviné ma présence, le jour, la nuit, der-

rière les murs de votre jardin. De là, sans

être aperçu moi même, j'essaye de vous

apercevoir. C'est ainsi que j'ai assisté à l'in-

troduction dans cette maison de ce malheu-

reux, et il m'a suffi de la connaissance que

j'ai de votre bon cœur, pour être certain

de l'accueil que vous alliez lui faire.

Cette explication, tout embrouillée qu'elle

fût, paraissait assez plausible ; la jeune fille

s'en contenta, et revenant aussitôt à ce qui

l'avait le plus frappée dans les premières

paroles de Jacopo :

— Je n'en suis pas moins curieuse de sa-

voir de quel aide vous pouvez m'être dans

l'accomplissement d'une œuvre qui est, dès

à présent, accomplie, dit-elle ; cet homme

était blessé, il a reçu les premiers soins

qu'exigeait son état, il est parti ; qu'y a-t-il

de plus à faire ?

— Pensez-vous donc qu'il aura l'ingrati-

tude de ne pas venir vous remercier de

votre humanité ? demanda Jacopo de son air le plus hypocrite.

Cette fois, Athénaïs n'était pas sur ses gardes. A cette question, qui répondait à ses plus secrètes pensées, comme si l'Italien avait lu dans son esprit et dans son cœur, elle pâlit affreusement et chancela sous le regard dont Jacopo la couvrait.

— Que sais-je ? fit-elle sans trop se rendre compte de ce qu'elle disait ; quels remerciements peut-il avoir encore à m'adresser ?

— En effet, dit Jacopo, il n'y songe peut-
être déjà plus. Il y a des gens si indifférents!.
Alors ce que je voulais vous apprendre est
tout à fait superflu.

— Qu'est-ce donc ? demanda Athénaïs.

— Quelques renseignements que je m'é-
tais procuré sur ce jeune homme, sur sa
demeure, sur son nom.

Athénaïs crut qu'elle allait s'évanouir.

— Vous savez son nom, sa demeure?
dit-elle d'une voix à peine intelligible.

— Oui, mais cela ne vous intéresserait plus en rien, répliqua Jacopo avec une candeur parfaitement jouée, et je ne voudrais pas vous imposer plus longtemps ma présence.

Il salua et fit un pas vers la porte.

Si les yeux de la fille de Noireau avaient été des pistolets chargés, le perfide Italien serait tombé foudroyé à l'instant même. Mais à défaut d'armes mortelles, il restait à Athénaïs cette arme naturelle de la femme,

arme terrible dont elle se sert parfois si ru-
dement, la langue.

Jacopo n'avait pas atteint la porte du salon qu'elle lui lançait, avec un ton qui en
doublait la force, cette foudroyante apos-
trophe :

— Il faut que vous ayez une grande ha-
bileté d'espion, que vous ayez fait plus ou
moins longtemps le métier d'agent de police, pour avoir, en quatre jours, acquis de
si complets renseignements ; n'est-ce pas,
monsieur Jacopo ?

Jacopo s'arrêta, mais au lieu de montrer, en se retournant, comme s'y attendait la jeune fille, un visage furieux et indigné, il se contenta de sourire.

— Ne dites pas de mal des agents de police, mademoiselle, dit-il.

— Ce sont les gens que je méprise le plus au monde, s'écria la fille de Noireau avec éclat ; cette chasse aux secrets, cette chasse à l'homme qui les fait vivre, est le plus infâme, le plus dégradant de tous les métiers.

— Eh ! eh ! eh ! repartit Jacopo riant, tout le monde ne pense pas comme mademoiselle. Est-ce là tout ce que vous avez à faire dire à monsieur votre père ? demanda-t-il.

— Dites-lui qu'il se hâte de revenir, pour me débarrasser des visites de gens de votre espèce, répliqua la jeune fille furieuse.

Jacopo salua sans répondre et sortit.

— Elle l'aime déjà, murmura-t-il en descendant l'escalier ; c'est tout ce que je voulais savoir.

Au bas de l'escalier, dans la cour, se promenait le valet servant à la fois de jardinier et de concierge, celui qui, quatre jours auparavant, avait voulu renvoyer les hommes qui apportaient France blessé.

— C'est bien, Benoît, lui dit Jacopo en passant ; je te revaudrai près de M. Noireau l'avis que tu m'as donné.

— Merci, monsieur Jacopo, dit Benoît. A propos, je voulais vous demander, s'il revenait, faudrait-il le laisser entrer ?

— Il n'est pas probable qu'il revienne, répondit Jacopo ; à moins, ajouta-t-il à demi-voix, qu'elle ne trouve sa trace et qu'elle ne l'aille chercher ; elle en est capable. N'importe, dit-il ; s'il revient, laisse-le passer. Je ne serai pas longtemps absent. A mon retour, s'il est revenu, nous le laisserons entrer encore une fois, mais, cette fois-là, il ne sortira plus.

Jacopo parti, Athénaïs calma sa colère, et retombant aussitôt dans sa préoccupation constante depuis quelques jours, et que ce dernier venait de si perfidement

raviver, elle reprit ses pensées à l'endroit

même où elle les avait quittées lorsque, se

jetant à la rencontre de l'Italien , elle avait

cru se jeter au-devant de l'inconnu ; elle

rêva tout éveillée de France.

La nuit était alors venue tout à fait. La

soirée était froide. Quelques étoiles brillan-

tes étincelaient déjà sur le ciel bleu.

Athénaïs, pour donner de l'air à son front

qui brûlait, descendit au jardin, et se mit à

en arpenter vivement les allées désertes.

Soudain le bruit d'une voiture roulant sur la route, et se rapprochant rapidement, se fit entendre au loin.

Athénaïs prêta avidement l'oreille.

Cette voiture ne pouvait-elle pas amener celui qu'elle attendait en vain depuis quatre jours, celui, quelque chose de plus fort qu'elle le lui disait, qu'elle était destinée fatalement à revoir ? Comment supposer cependant que cette heure avancée de la soirée fût celle choisie par lui pour revenir

remercier simplement sa libératrice du
mince service qu'il en avait reçu ?

N'importe, Athénaïs espéra, et, comme
elle avait fait tout à l'heure en courant au-
devant de Jacopo, elle courut à la grille.

La voiture s'arrêtait en ce moment de
l'autre côté.

Un jeune homme en descendit, et Athénaïs étouffa un cri de joie.

C'était lui.

Mais au même instant, à la lueur des lan-
ternes de la voiture, elle le vit se pencher,

enlever de dessus l'un des siéges une femme qu'il prit dans ses bras, et se diriger vers la grille chargé de son fardeau.

— Une femme dans ses bras ! murmura la fille de Noireau, frappée au cœur d'un coup terrible ; et il l'apporte ici, chez moi ! Oh ! si cette femme est belle et s'il l'aime, malheur à lui ! malheur surtout à elle !

Et, d'un geste rapide, elle ouvrit la porte à France et à la femme qu'il portait : celle-ci semblait être évanouie.

CHAPITRE SIXIÈME

VI

Ce que c'était que la passion de M. Philidor.

La veille de ce même soir, quatre heures

sonnant à la pendule du cabinet de Fouché,

M. Philidor ôta, selon sa coutume, ses bouts

de manche de serge noire, les déposa proprement dans un carton, prit sa canne et son chapeau, et sortit de l'hôtel de l'ex-ministre de la police.

Marchant d'un pas hâté, rasant les murs, se coulant à travers les groupes comme un homme pressé d'arriver, qui redoute tous les obstacles et veut éviter tout retard, il passa les ponts, traversa la vieille cour du Louvre et s'enfonça dans la rue Pierre Lescot, au milieu de laquelle il disparut en se précipitant d'une seule pièce au fond d'une de ces allées noires et fétides comme en possédait alors chacune des maisons de cette étroite ruelle.

Au moment où il disparaissait, un homme, qui le suivait depuis sa sortie de l'hôtel de Fouché et qui, par précaution, afin de n'être pas remarqué, était resté quelque peu en arrière, doubla subitement le pas et vint s'embusquer dans l'allée de la maison placée immédiatement en face.

Un quart d'heure tout au plus s'écoula, puis on vit sortir de la maison où était entré M. Philidor un petit homme revêtu du

costume, depuis longtemps passé de mode,
qui se portait vingt ans auparavant, vers
1780 à peu près, c'est-à-dire habit de velours brun à la française, garni de larges
boutons de cristal, gilet droit, culottes cour-
tes et souliers à boucles d'argent. Une che-
velure poudrée et une petite queue serrée
étroitement dans un ruban noir complé-
taient l'ensemble de cette toilette de ci-devant.

Il paraît que, malgré ce déguisement, celui qui avait suivi M. Philidor jusque-là,

ne se trompa pas sur l'individualité de l'homme qui en était affublé, car, sans hésiter une seconde, il se remit en marche après lui et commença de le suivre, comme il avait suivi le secrétaire-huissier de monseigneur Fouché.

Le petit homme était, du reste, sans aucune défiance, et filait droit devant lui avec la rapidité d'une flèche, sans se préoccuper en rien de ceux qui suivaient le même chemin.

Sa course, cette fois, ne fut pas longue, car, à une centaine de pas, il se trouva devant le Palais-Royal et y entra.

Le Palais-Royal, au commencement de ce siècle, était loin de présenter le degré de luxe et d'élégance auquel il est arrivé depuis.

Sans vouloir faire l'histoire de ce palais, depuis sa fondation, en 1629, par le cardinal de Richelieu, histoire faite tant de fois déjà, nous nous bornerons à dire que, devenu la demeure de la régente Anne d'Au-

triche qui en vint prendre possession en
1646, et fit remplacer le nom qu'il portait
alors de Palais-Cardinal par celui de Palais-
Royal, il fut donné par Louis XIV à son
frère ; qu'il fut la résidence habituelle du
régent Philippe d'Orléans, et que, entre les
mains de son petit-fils, Louis-Philippe Jo-
seph (Philippe-Egalité), il subit de considé-
rables modifications qui en changèrent tout
à fait la physionomie. Ce dernier construisit
tout autour du jardin les immenses bâti-
ments qui l'enferment, et les livra à l'in-

dustrie. Il fit ainsi de son palais un bazar
mais le plus splendide et le plus scanda-
leux bazar qu'il y eût au monde, car en
même temps que le commerce venait s'é-
tablir dans ses boutiques, la prostitution la
plus éhontée venait s'étaler dans ses galé-
ries.

Après la mort de Philippe-Egalité, le Palais-Royal fut mis en vente par ses créan-
ciers, et il fut envahi dès lors par des res-
taurateurs et des maisons de jeu, tandis
que ses galeries, surtout la galerie de Bois,

véritable foire de village que le duc d'Orléans avait laissé camper entre la cour du
palais et le jardin, continuaient à fourmiller
d'une foule bigarée et se renouvelant sans
cesse, de nouvellistes, d'étrangers, d'escrocs
et de filles perdues.

Telle était sa physionomie à l'époque où
se passent les faits qui sont l'objet de ce
récit.

M. Philidor, ou plutôt le petit homme
vêtu en ci-devant de 1780, devait être un
homme pudibond et profondément ver-

tueux, car au lieu de suivre le flot de la

foule qui s'empressait aux endroits où pul-

lulaient en plus grand nombre les belles

filles du lieu, c'est-à-dire au bout du jardin

et dans la galerie de Bois, il se hâta de tour-

ner à droite, rougissant et baissant les yeux

sous sa perruque poudrée, et de gagner

la galerie de Valois.

Il parcourut cette galerie dans la moitié

à peu près de sa longueur, et s'arrêta enfin

devant une porte au-dessus de laquelle brillait en rouge, éclairé vivement par une lanterne, le n° 113.

C'était évidemment ici le but définitif de sa course, car, sans regarder derrière lui, et, en homme habitué aux localités, il entra, monta un étage au-dessus de l'entresol, poussa une porte rembourrée, recouverte de toile grise sur laquelle bon nombre de mains, humides de la sueur, de la fièvre, avaient laissé de trop visibles traces, traversa, en y accrochant son chapeau, une sorte d'antichambre ornée de deux grands

Argousins vêtus en valets, et pénétra enfin dans un salon meublé de tables de roulette, de trente et quarante et de pharaon, au milieu duquel se trouvaient déjà une cinquantaine d'hommes.

Celui qui le suivait depuis l'hôtel de l'ex-ministre de la police entra quelques instants après lui.

Mais celui-ci, loin d'être un habitué, était tout au plus un néophyte. Il ignorait tous les usages du lieu. Ainsi, l'un des Argousins placés dans l'antichambre fut obligé de lui redemander deux fois sa canne et son cha-

peau qu'il s'obstinait à conserver, l'une dans

sa main, et l'autre sur sa tête ; et le second

Argousin se vit contraint à lui ouvrir lui-

même la porte du sanctuaire, car l'inconnu,

désorienté, et voyant devant lui plusieurs

portes, ne savait plus à laquelle frapper.

Cet inconnu, qui suivait si assidument

M. Philidor, il est peut-être nécessaire de le

dire à présent, n'était autre que notre ami

France.

Les motifs qui le faisaient agir se déduiront d'eux-mêmes tout à l'heure.

C'était, en effet, la première fois que France mettait les pieds dans ce que les Anglais ont appelé avec assez d'à-propos, *un enfer*, c'est-à-dire une maison de jeu, et il n'y a dès lors rien d'étonnant que dans les premiers instants, une curiosité intense chassât même de son esprit, le motif et le but de sa présence en un pareil lieu.

La scène était curieuse à examiner.

Autour des tables, se pressait une foule

haletante et fiévreuse.

Toutes les figures portaient l'empreinte

des passions les plus ardentes, chauffées au

degré de la braise rouge.

Seuls, les croupiers, impassibles et blê-

mes, allongeaient avec une régularité im-

pitoyable leurs râteaux au long manche,

attirant à eux d'un coup sec leur moisson

de métal jaune et blanc.

Ce bruit, mêlé au bourdonnement du cylindre tournant avec rapidité, troublait seul le silence de la salle.

Parmi toutes ces figures si diverses, et cependant portant toutes un même cachet terrible, celui que la griffe du démon du jeu, ce démon qui ne lâche jamais sa proie, y imprime, parmi tous ces joueurs, les uns au crâne dénudé et luisant, les autres dans toute la force de l'âge, d'autres encore à peine sortis de l'adolescence, un d'entre eux attira plus particulièrement le regard de France.

C'était le petit homme à la suite duquel il était entré et qui, sans perdre une minute, avait déjà pris place à une table de roulette.

- Sa mince figure, animée par la plus violente des passions, offrait le plus étrange des spectacles et changeait d'expression avec une effrayante soudaineté, à chaque péripétie du jeu.

Aussitôt que l'un des croupiers avait prononcé les paroles sacramentelles, le petit homme, enfonçant précipitamment la main

droite dans le gousset de sa culotte, en ti-
rait un écu qu'il déposait avec une précaution dégénérant presque en respect sur le
numéro et la couleur qui avait pour le moment attiré sa préférence ; en même temps
sa face se colorait d'une teinte rouge vio-
lacée qui l'envahissait tout entière du
menton aux oreilles. Ce coloris durait juste
l'espace de temps durant lequel se jouait
le coup. Mais, à l'instant où le croupier
proclamait le résultat, la teinte rouge aban-
donnait instantanément la figure du joueur

malheureux, et était remplacée par une

pâleur verdâtré.

Dix fois, le jeune homme l'avait vu plon-

ger sa main dans son gousset, et autant de

fois s'était produit ce singulier phénomène

de coloration.

— 22! noir, pair, et passe! articula la

voix monotome du croupier... faites votre

jeu, messieurs!...

A peine finissait-il ces paroles, qu'un

coup de pistolet retentit dans le jardin d'où

une légère rumeur monta jusqu'à la salle.

— En voilà un qui vient de faire le sien

pour la dernière fois, dit, avec le ton de l'in-

différence la plus profonde, un des joueurs

placé à côté de celui que France obser-

vait...

— Faites votre jeu, messieurs!... le jeu

est fait!... rien ne va plus!...

Le silence se fit de nouveau pendant que

le cylindre bourdonnait, et que la bille d'i-

voire adroitement lancée allait se loger dans

une des 38 cases numérotées.

France eut froid à l'âme en voyant cette
indifférence pour le sort d'un homme qui,
il y avait quelques instants à peine, plein
de vie et d'espérance, était à côté de ceux
qui parlaient ainsi de lui.

Le jeu n'avait pas été interrompu.

Le petit homme, contre qui la veine se
déclarait décidément, et qui n'avait pas encore bénéficié d'un coup, en était à son
vingtième écu.

— Je ne le croyais pas si riche, murmura
France qui venait de reporter ses yeux sur

lui. Aura-t-il bientôt tout perdu ? J'ai hâte de sortir de cet antre.

Comme si le sort eut voulu l'exaucer, le râteau du croupier enlevait en ce moment le dernier écu du petit homme.

Il n'y avait pas à conserver à ce sujet le moindre doute, car, au lieu de replonger la main dans son gousset par un mouvement fébrile comme il avait fait jusque-là, il laissa tomber sa tête dans ses deux mains crispées, et resta un assez long moment accablé.

— Si vous ne jouez plus, cédez votre place, lui dit un de ceux plantés debout derrière lui.

Le petit homme releva la tête. Sa face avait consevvé la nuance verdâtre qui l'envahissait tout à coup après chaque passe malheureuse. Il regarda autour de lui avec des yeux égarés.

— C'était ma dernière pièce, dit-il d'une voix rauque. Je reviendrai demain.

Il se mit péniblement sur ses pieds et,

quittant la table, se retourna du côté du salon.

France était devant lui.

— Venez, lui dit-il.

Il le prit par un des larges boutons de son habit et le conduisit à l'autre bout de la salle, loin des tables, dans l'embrasure d'une fenêtre regardant le jardin.

— Vous n'avez pas été heureux ce soir, monsieur Philidor, lui dit-il en riant.

Le petit homme recula épouvanté, et attacha un regard profond sur le jeune homme.

— Vous me connaissez ? fit-il avec anxiété. Je ne vous connais cependant pas moi.

— C'est vrai, répliqua France. Vous ne m'avez jamais vu, et partant, vous ne pouvez pas me connaître. Moi, au contraire, je vous ai déjà vu et je vous connais parfaitement. Je vous connais si bien que je puis vous assurer d'une chose, c'est que si Son Excellence, votre patron, l'ex-ministre de la police, savait à quel délassement vous passez vos soirées, vous auriez à vous en repentir.

— Monsieur ! Monsieur ! s'écria M. Philidor au comble de l'effroi, ne me perdez pas, je vous en prie. Je comprends que vous avez des devoirs à remplir et qu'avant tout dans votre partie, vous devez faire vos rapports en conscience, mais ne dites pas tout ce que vous avez vu à celui qui vous a envoyé, glissez sur mon nom. C'est singulier, ajouta-t-il en manière de réflexion, que je ne vous ai pas encore vu venir à l'hôtel de monseigneur.

Le digne M. Philidor prenait France pour un agent de police.

— Personne ne m'a envoyé, interrompit le jeune homme à qui le rouge de la honte monta au visage, en devinant quelle était la pensée du secrétaire de Fouché, et je ne veux rien moins que vous perdre, puisque je veux au contraire vous mettre de moitié dans un secret qui doit vous rendre riche, et en attendant, vous faire rentrer, et au-delà, dans les vingt écus que vous venez

de perdre.

Aux premières paroles de France, mon-

sieur Philidor s'était mis sur la défen-

sive.

— J'y suis, dit-il. Vous avez sans doute

découvert quelque martingale pour faire

soi-disant sauter la banque, et, sous pré-

texte de me la communiquer, vous voulez

m'emprunter dix francs. Mais outre que je

n'ai plus d'argent, j'en aurais que je ne

vous prêterais pas un sou. Un joueur ne
prête jamais, monsieur.

Il fit un mouvement pour se dégager. Le
jeune homme le retint.

— Vous êtes un sot, monsieur Philidor.
Je ne veux rien vous emprunter, par cette
excellente raison que j'ai sur moi plus
d'argent que vous n'en avez eu dans toute
votre vie, et je n'ai découvert aucune martingale, par cette non moins excellente raison que je n'en ai jamais cherché.

— Qui êtes-vous donc? demanda monsieur Philidor, rendu plus attentif par le
ton sérieux du jeune homme.

— Quelqu'un qui a besoin de vous, et
qui, en échange d'un mince service, peut
et veut faire votre bonheur.

— Et ce service ?

— Ce n'est pas ici que je vous le de-
manderai, et avant de vous le demander,
je veux vous donner une idée de la puis-
sance de mon secret. Vous avez perdu vingt
écus, n'est-ce pas ? Eh bien, prenez ces

vingt louis et placez-les sur le numéro que
je vous dirai.

— Vingt louis sur un numéro, s'écria
M. Philidor, tout étourdi à la vue des vingt
pièces d'or que France venait de lui laisser
tomber dans la main ; mais, monsieur, le
numéro ne sort pas une fois sur quarante !
C'est perdre vos vingt louis de gaieté de
cœur. Vous ne savez pas les premières no-
tions du jeu. Il vaut mieux, toujours mieux
jouer sur les couleurs.

— Je vous ai dit que vous étiez un sot,
monsieur Philidor, répliqua froidement le
jeune homme : s'il vaut toujours mieux
jouer sur les couleurs, pourquoi avez-vous
perdu vos vingt écus ? Faites ce que je
veux, et, à titre de prime, la moitié du bé-
néfice sera pour vous en attendant que je
vous enseigne mon secret pour jouer comme
à coup sûr.

M. Philidor haussa philosophiquement
les épaules.

— C'est un fou, pensa-t-il. Mais après
tout, que m'importe s'il perd ses vingt
louis.

Il se laissa de nouveau conduire vers les
tables de jeu.

— Sur quel numéro jouez-vous ? demanda-t-il.

— C'est une chance suprême à courir,
se disait France en ce monent. Si je gagne,
mon pouvoir sur cet imbécile sera absolu,
j'en ferai tout ce que je voudrai, si je perds
j'aviserai à un autre moyen. Je l'achèterai

alors à beaux deniers comptants. Placèz sur le 3, dit-il à **M.** Philidor, qui, la main levée au-dessus du tapis vert, attendait sa réponse. Nous sommes trois qui nous sommes juré aide et secours, ajouta mentalement le jeune homme ; deux sont en danger, le troisième tente de les sauver, le nombre **3** doit être bon.

— Faites votre jeu messieurs !... Le jeu est fait ! Rien ne va plus ! cria le croupier.

Monsieur Philidor avait placé les vingt louis de France sur le numéro trois.

La bille d'ivoire, lancée dans le cylindre, gronda pendant une seconde, puis elle s'arrêta, et la voix du croupier reprit :

— Trois !..... Rouge....., pair et..... manque !...

M. Philidor fit un bond qui faillit renverser la table.

— Trois, il a dit trois, s'écria-t-il d'une

voix étranglée.

— Je vous avais prévenu, lui dit France

tranquillement.

— Mais alors j'ai gagné, c'est-à-dire

nous avons gagné.

Il leva ses yeux au ciel, comme pour lui

faire hommage de ce bonheur inespéré,

inouï, étrange, puis le reportant sur la ta-

ble, il jeta un cri de sauvage à la vue du

monceau d'or que le croupier avait poussé

devant lui, et sur lequel il se précipita des deux mains à la fois.

Quelques instants après, partage fait, dans lequel France avait encore voulu généreusement mettre du sien, M. Philidor se trouvait à la tête, outre ses vingt écus primitifs, de trois cents cinquante louis de bon aloi.

— Monsieur, dit-il à France en lui serrant les mains avec une énergie fébrile, n'est-ce pas pour vous moquer de moi que vous m'avez promis de me dire ce secret de choisir d'avance le numéro qui va

sortir ?

— Nullement, répondit France avec

calme.

— Alors, monsieur, je suis à vous ! Je

suis à vous corps et âme ! Je ferai sauter

la banque tous les soirs ! Qu'exigez-vous

de moi ? Parlez ! Tout ce que vous vou-

drez !

— Demain au soir, à huit heures, trou-

vez-vous sur la place du Trône, au bout du

faubourg Saint-Antoine, là, et là seulement,

parce qu'il n'y aura ni yeux pour nous voir ni oreilles pour nous entendre, je vous le dirai.

— J'y serai, monsieur ! j'y serai mort ou vif.

France reprit son chapeau, et sortit du 113 en murmurant avec une joie profonde :

— Allons, Dieu est pour nous. Maintenant, je crois quelque chose qui arrive, quelque danger qu'ils courent, que je sauverai Ludwig et Marcel.

Quant à M. Philidor, en attendant que,
grâce au secret prétendu de son associé, il
pût faire sauter la banque, il se mit in-
continent à reperdre, louis par louis, tout
ce qu'un coup heureux venait de lui
donner.

Lorsqu'il sortit, deux heures après, de
la maison de jeu, il n'avait plus rien,
pas même ses pauvres premiers vingt
écus.

CHAPITRE SEPTIÈME

VII

L'auberge de la Grande-Pinte.

Il y avait alors, à peu de distance de la
barrière du Trône, en 'dedans de cette barrière, à moitié environ du rond-point, du
côté de la rue conduisant à Montreuil, une

maison d'assez triste apparence, con-
nue sous le nom d'auberge de la *Grande-
Pinte.*

C'était une de ces auberges comme l'on
en rencontre souvent aux abords des grandes villes, auberges de nom, cabarets de
fait, et qui servent plutôt de repaires aux
rôdeurs de barrière que de lieu de repos
aux honnêtes voituriers et à leurs attelages.
Les murs, jadis peints en jaune, étaient lé-
zardés dans plus d'un endroit; le toit semblait prêt à s'effondrer; les volets, couleur

sang de bœuf, lavée par la pluie, ne bat-

taient plus que d'une aile sur leurs gonds à

demi arrachés, et une enseigne représen-

tant un vase quelconque d'une dimension

colossale relativement au personnage à

blouse bleue, à bonnet bleu et à figure

rouge qui le portait avec effort à sa bouche,

se balançait avec d'aigres grincements au

bout de sa tige de fer rouillée, et semblait

crier aux passants de se défier de cette bar-

raque.

L'intérieur répondait à l'extérieur.

Dans une grande salle aux murs autre-
fois blanchis à la chaux, devenus d'un brun
noirâtre, d'où pendaient çà et là des lam-
beaux de papier à paysage, et meublée de
quelques tables en sapin flanquées de
chaises boiteuses et de tabourets effondrés,
un fumeux quinquet à deux branches
éclairait de sa lueur rougeâtre la maîtresse
du cabaret et une demi-douzaine de ses
pratiques habituelles.

Quelles pratiques !...

Que l'on se figure un assemblage de vi-
sages pâles et avachis par la débauche, ou
rougis et enflés par l'abus incessant des li-
queurs fortes, des yeux tour à tour éteints
par l'épuisement ou étincelants de l'ardeur
brutale de l'ivresse ; pour accompagnement
de ces faces hideuses, des blouses en gue-
nilles, des pantalons de velours tachés de
vin et de boue, des bottes éculées et laissant voir la chair dans leurs sourires lamen-
tables, des casquettes posées de travers sur

des chevelures que le peigne n'a jamais touchées. Que l'on se figure tout cela, sans oublier la pipe courte et noircie placée à demeure dans le coin de la bouche, entre deux dents creusées, et l'on n'aura qu'une idée affaiblie du tableau que présentaient les habitués du cabaret de la *Grande-Pinte.*

La maîtresse de l'établissement était digne de son entourage.

Madame Rocambole, ou, pour parler ainsi que ses pratiques, la mère Rocambole, était une grosse femme d'une cinquantaine

d'années, grasse, épaisse et luisante, au

teint couperosé, au nez bourgeonné, à la

voix rauque, à l'apparence virile. Elle avait

des idées très-larges sur la liberté à allouer

dans un cabaret du genre du sien, et ses

pratiques ne se gênaient guère, mais elle

avait aussi pour principe qu'il fallait, selon

son expression, « laver son linge sale en

famille, » et, lorsque les disputes entre

ses habitués dégénéraient en querelles, et

que des querelles on passait aux coups, —

ce qui n'était pas rare, — madame Rocambole s'érigeait en juge de camp, faisait
fermer avec soin les portes, et se chargeait
de faire la police de son établissement elle-
même, ce dont elle s'acquittait avec une
énergie qui lui avait valu un certain
respect de la part de sa suspecte clientèle.

Ce soir-là, la grosse femme était de fort
bonne humeur, et causait d'un ton d'amé-
nité toute particulière avec une de ses an-
ciennes connaissances, le digne Séraphin,

que nous avons laissé à Manheim, et que nous retrouvons à cheval sur une chaise devant le poële et paraissant considérablement animé.

Il est, au reste, facile de deviner la cause de son animation en se rappelant son goût dominant pour la bouteille et en apercevant à portée de sa main un grand petit verre vide.

— Encore un verre, monsieur Séraphin, dit madame Rocambole, remplissant le verre de l'agent d'un liquide jaunâtre qu'elle se plaisait à décorer du nom de cognac.

— Ma foi, çà n'est pas de refus, répliqua Séraphin, par le satané temps qu'il fait, çà réchauffe.

Il vida son verre, que la maîtresse du cabaret s'empressa de remplir de nouveau.

Madame Rocambole avait ses raisons pour être gracieuse avec l'acolyte de Noireau ; il y avait longtemps qu'ils se connaissaient, et, plus d'une fois, l'influence de

Séraphin avait épargné des *désagréments* à sa grosse et luisante amie.

— Ainsi donc, mon pauvre monsieur Séraphin, dit-elle, il y a cinq jours et cinq nuits que vous roulez sur la grande route avec votre particulière ?

— Tout autant, maman Rocambole, avec ça que ma particulière, — qui n'est pas la mienne, par parenthèse, — n'était pas amusante tous les jours.

— Cependant la petite a l'air pas mal, observa la maîtresse du logis ; un peu trop

maigre, peut-être, mais que voulez-vous,
tout le monde ne peut pas avoir de l'em-
bompoint, fit-elle en se regardant avec
complaisance dans la vieille glace étoi-
lée, placée au-dessus de la cheminée.

— Comme vous, par exemple, maman
Rocambole, glapit d'une voix de chat en-
rhumé un des habitués de la *Grande-Pinte*,
jeune *gamin* de haute espérance, à peine
sorti de sa coque, et qui répondait habituel-
lement au nom de *La Fouine*.

La grosse femme, prenant le mot au sérieux et ne s'apercevant pas que le facétieux
personnage se détournait pour rire, lui
adressa de ses yeux vérons un regard de
reconnaissance, et continuant sa conversa-
tion avec Séraphin :

— Et vous venez comme ça d'Allemagne, tout droit, sans vous arrêter ?

— Comme vous dites, tout droit, sans
nous arrêter, répéta Séraphin, occupé à
repêcher du bout du doigt une mouche
morte de l'été précédent, et qui se trouvait

au fond de son verre. C'est-à-dire si, nous nous sommes arrêtés deux jours à Stras-bourg.

— C'est étonnant qu'il y ait des gens qui voyagent si loin, observa la mère Rocambole. Moi, je n'ai jamais été plus loin que Vincennes et le Palais-de-Justice. J'en ai encore un ici qui est arrivé d'Allemagne, il y a deux jours.

— Un quoi? demanda Séraphin, qui commençait à ne plus trop facilement comprendre.

— Un homme, pardi ! Un vieux qui parle
charabia et qui n'a pas l'air de rouler sur
les écus de six livres. Je lui ai fait payer sa
semaine d'avance, et je l'ai logé dans la
cour dans une vieille écurie. Ça m'a fait
l'effet d'être assez bon pour lui. Dites donc,
M. Séraphin, ce n'est pas pour vous renvoyer
mais, est-ce que vous n'avez pas peur qu'elle
s'ennuie, votre particulière, là-haut, toute
seule ?

— Tiens, je n'y pensais plus ! fit Sé-

raphin. Je vais aller y donner un coup
d'œil.

Il se pencha à l'oreille de madame Rocambole.

— Quand l'autre viendra, vous savez, celui dont je vous ai parlé, et qui vous dira
le mot que je vous ai dit, vous le ferez
monter.

— C'est bon. Suffit! Vous payez bien; le
reste ne me regarde pas. Chacun ses petites affaires, répliqua la grosse femme en
riant. Celui qui viendra, puisqu'il doit arri-

ver ce soir, et que c'est lui qui paye, je vous

l'enverrai. Eh! monsieur Séraphin, reprit-

elle, si vous montiez la bouteille de cognac

histoire de vous tenir compagnie, au cas

que votre princesse ne vous amuse pas?

Dites donc qu'on ne vous gâte pas, mé-

chant!

Elle donna à Séraphin, déjà assez peu

solide sur ses jambes, un agaçant coup d'é-

paule qui le fit trébucher, et elle lui tint

une chandelle allumée pour guider son

pas incertain dans l'escalier tournant

qui conduisait aux chambres supé-
rieures.

La première que l'on rencontrait en
montant était la plus belle de la maison.

Une mauvaise commode en noyer, une
table recouverte d'un vieux châle sale et
troué en guise de tapis, deux chaises en
acajou garnies de soie en loques et un vieux
fauteuil gras, usé, maculé de taches igno-
bles, composaient, avec un canapé en pareil état, l'ameublement de cette pièce,

que la maîtresse de la *Grande-Pinte* appelait son salon, et qu'elle avait meublée sans
doute avec la défroque de quelque mau-
vais lieu, ainsi que le témoignaient les gravures accrochées contre les murs.

Un assez bon feu flambait dans la cheminée, devant laquelle s'étendait un méchant tapis à claire-voie.

Deux chandeliers en cuivre et quelques
verres à patte plus ou moins ébréchés gar-
nissaient la tablette.

Une image du même genre que celles ornant ou plutôt souillant les murs, et de plus
grande dimension, remplaçait la glace ab-
sente.

Une odeur fade de moisi et d'humidité, et
un parfum écrasant de musc et de tabac
prenaient à la gorge lorsqu'on entrait dans
cette chambre.

Quand Séraphin y pénétra, une jeune
fille dont le visage pâli trahissait l'extrême
fatigue, était étendue dans le fauteuil

au coin de la cheminée et sommeillait à demi.

Le bruit de la porte livrant passage à Séraphin la tira de ce demi-sommeil.

— Ludwig! s'écria-t-elle, se levant de bout devant le fauteuil, c'est vous? C'est vous, n'est-ce pas?

— Ludwig! Ludwig! toujours la même chanson, grommela Séraphin, refermant la porte et déposant sur la cheminée la bouteille qu'il tenait.

Sarah, on a deviné que c'était la pauvre

aveugle, victime de la trahison de Jérémie
et de Séraphin, Sarah reconnut la voix de
son compagnon de voyage.

Durant les cinq jours et les cinq nuits
qu'elle venait de passer seule dans une
voiture avec cet homme, rien dans sa conduite envers elle n'était venu éveiller ses
appréhensions. Il s'était montré soigneux
et attentif, et s'était borné à lui répondre,
chaque fois qu'elle l'avait interrogé, qu'il
était chargé de la conduire à Paris, près de
Ludwig, qui lui expliquerait lui-même la

raison du mystère dont il était obligé d'en-

tourer son voyage.

A ce moment, le ton de Séraphin la sur-

prit, l'effraya presque, et ce fut d'une voix

tremblante qu'elle lui dit :

— Ah ! c'est vous, monsieur Séraphin ?

Je suis contente de vous voir. Depuis que

vous m'avez laissée seule dans cette cham-

bre, je ne sais pourquoi, j'ai peur... Avez-

vous vu Ludwig ? va-t-il bientôt venir ?...

Pourquoi n'est-il pas ici déjà ?

A toutes ces questions faites d'une voix anxieuse, l'agent ne répondait rien, fort occupé qu'il était dans la confection d'un grog dans un des verres à patte ornant la cheminée.

— Là, fit-il d'une voix satisfaite, après avoir dégusté le mélange et l'avoir renforcé d'une notable addition d'eau-de-vie... maintenant je vous écoute, ma belle. Que disiez-vous ? continua-t-il, s'installant sur le canapé, qu'il traîna au coin de la cheminée, avec la gravité propre aux individus qui, se

sentant devenir ivres, redoublent de sérieux pour ne pas le paraître.

— Je vous demandais si Ludwig allait
venir, mon bon monsieur Séraphin, reprit
Sarah d'un ton suppliant, et à qui le sans-
gène de son compagnon à son égard
fit, sans qu'elle sût pourquoi, battre son
cœur.

— Ah! oui, c'est ce que je disais quand
je suis entré, Ludwig, toujours Ludwig !...
Ah çà !... vous l'aimez donc bien, ce Ludwig.

— Monsieur Séraphin ! fit la jeune fille offensée.

— Pourquoi vous en cacher ? Vous êtes jolie, très-jolie, sacrebleu ! quoique vous n'y voyiez pas, et ce Ludwig n'est pas malheureux !

— Monsieur Séraphin !..... Je vous en prie.

— Foi d'honnête homme ! Je donnerais bien quelque chose pour être à sa place, continua l'agent, poursuivant son idée avec cette ténacité particulière aux ivrognes... c'est-à-dire à sa place, non, puisque je ne sais pas où il est.

— Vous ne savez pas où il est! s'écria Sarah avec terreur... vous ne savez pas où il est! mais alors, que m'avez-vous donc dit depuis que j'ai quitté Manheim ? vous m'avez donc trompée.

— Ne me secouez pas si fort, dit Séraphin se débarrassant de la main qu'elle avait posé sur son épaule en prononçant ces paroles, ou vous me feriez renverser mon grog, ce qui serait dommage !...

— Mais parlez donc, au nom du ciel,

parlez donc !...

— Mais je ne fais que cela, il me semble,

et boire aussi, il faut être juste et boire...

Ah ! fit l'agent d'un ton mélancolique en vi-

dant son verre d'un trait, quel dommage

que je ne sois ici que pour le compte d'un

autre !... mais il faut de l'honnêteté en tout,

et moi je suis honnête, fit-il en se frap-

pant la poitrine avec conviction... ah ! mais

oui... je suis honnête !...

La jeune fille écoutait ces paroles décousues avec stupeur.

— Il est ivre, se dit-elle, il est ivre, il n'y a pas à en douter ; mais néanmoins, ces paroles qu'il vient de prononcer... si c'était vrai, si ce voyage n'était qu'un piége, si Ludwig n'était pas ici ! Oh ! j'ai peur... j'ai peur... s'écria-t-elle à haute voix, incapable de maîtriser plus longtemps ses crainte...

— Peur !... vous avez tort, ma belle, répliqua d'une voix épaisse l'agent de plus en plus ivre... pardieu, celui qui va venir vaut bien votre Ludwig sans lui faire tort, quoique je ne le connaisse pas.

— Celui qui va venir? dit Sarah d'une voix étouffée.

— Eh! oui, l'autre... celui à la place de qui je voudrais bien être, continua Séraphin.

— Qui donc?... mais qui donc?... s'écria la malheureuse enfant avec angoisse.

— Eh! pardieu, votre cousin.

— Mon cousin! Jérémie!

— Lui-même.

— Ah !... alors je suis perdue ! murmura

Sarah d'une voix éteinte en s'affaissant dans

le fauteuil...

CHAPITRE HUITIÈME

VIII

Infamies.

La jeune fille resta quelques minutes accablée par l'affreuse révélation que renfermaient les paroles de Séraphin.

Ainsi Jérémie n'avait pas abandonné son
cupide dessein ; ainsi c'était lui qui, acharné
après sa proie, l'avait par une machination
infâme, attirée dans cette maison où elle
sentait qu'elle n'avait, elle pauvre étran-
gère, pauvre aveugle, aucun appui à invoquer, aucun secours à attendre ; car elle se
rappelait les paroles étranges, les plaisan-
teries grossières par lesquelles la maîtresse
de cette maison avait accueilli son arrivée,
il y avait une heure ou deux, et cette cir-
constance, qui n'avait fait qu'exciter en elle

une certaine surprise au sujet de l'endroit
où Ludwig lui avait donné rendez-vous, venait maintenant lui prouver qu'elle était,
en effet, tombée dans un horrible guet-
apens.

Séraphin, sans faire plus attention à la
jeune fille et à son désespoir que si ce qu'il
venait de faire et de dire eut été la chose
la plus naturelle du monde, continuait la
fabrication de ses grogs et l'absorption d'i-
ceux au fur et à mesure qu'ils étaient con-
fectionnés.

Aussi son ivresse allait-elle croissant, et il était entré en plein dans la période d'expansion, période en laquelle le buveur éprouve un besoin invincible de raconter ses secrets et ceux des autres, dût-il se contenter de lui-même pour auditeur.

Sarah, malgré sa préoccupation, ne put s'empêcher de remarquer l'état de son compagnon de voyage, et cette remarque lui suggéra l'idée de profiter de cet état pour se faire raconter comment il avait réussi à la faire tomber dans cette abominable piége.

Qui sait?... peut-être ses paroles, dictées
par la franchise de l'ivresse, feraient-elles
luire à son esprit quelque moyen de salut.
Cet espoir était bien faible, mais dans une
position qui paraissait aussi désespérée que
la sienne, il ne fallait négliger aucune
chance, si minime qu'elle fut.

— Monsieur Séraphin, commença-t-elle,
donnant à sa voix un ton d'indifférence,
bien que le cœur lui battît à lui rompre la
poitrine, j'ai eu tort de m'alarmer ainsi de
ce que vous venez de me dire, car enfin,

Jérémie est mon parent, et il ne peut me
vouloir du mal, n'est-ce pas !

— Certainement, dit l'agent arrêtant son
verre à moitié chemin de ses lèvres... quoique, voyez-vous, les parents, il ne faut pas
trop s'y fier... moi, je n'en ai jamais eu que
deux, une mère et par conséquent un père.
Savez-vous ce qu'ils m'ont fait?... non,
n'est-ce pas, continua l'ivrogne enchanté
d'avoir enfin cet auditeur qui lui manquait.
Eh bien ! la première chose dont ils se sont
avisés quand je suis venu au monde, ça

été de me planter là sans tambour ni trom-
pette. Voilà pourquoi, ma belle enfant, je
m'appelle Séraphin tout court; père et
mère inconnus!... à votre santé!

— Mais enfin, reprit Sarah qui avait
écouté avec patience cette dissertation de
l'ivrogne, pourquoi Jérémie a-t-il pris ce
détour pour me faire venir à Paris ?... s'il
avait besoin de ma présence ici, mon devoir et ma reconnaissance pour le fils de
mon oncle, ne me prescrivaient-ils pas de
me rendre à son appel?

— Ta, ta, ta, ta!... le devoir, la reconnaissance, tout ça c'est très-bien. Mais ça
n'empêche que s'il ne s'y était mêlé un
peu d'amour, vous seriez encore dans la
vieille barraque du père Abraham, dans
la Jüdengasse de Manheim.

— Soit, dit la jeune fille, à qui cette con-
versation avec l'ignoble personnage inspi-
rait un profond dégoût, et qui sentait cependant la nécessité de la continuer, mais
comment avez-vous su le nom que vous

avez invoqué pour me faire quitter la maison de mon oncle.

— Ah ! voilà... mais dites donc, ma belle, il me semble que vous essayez de me tirer les vers du nez, dit l'agent avec une subite méfiance ?

— Mon Dieu, quel danger peut-il y avoir pour vous à me dire cela ? ne suis-je pas ici complètement en votre pouvoir, ou plutôt en celui de mon cousin, fit-elle avec effort ?

— Au fait, c'est vrai, dit Séraphin, ras-
suré par ces paroles et par un grand verre
de grog qu'il s'administra. Vous êtes bien
ici à la discrétion de celui qui vous y a fait
venir. Le diable lui-même n'y pourrait rien.
Pour lors je né vois pas d'inconvénient à
vous instruire. Voilà donc comme ça c'est
fait. D'abord le nom de ce monsieur Ludwig, c'est pas moi qui l'ai découvert; votre
cousin le savait, et quand monsieur Noireau, mon chef... à sa santé !... fit-il, s'in-
terrompant pour avaler une rasade, quand

monsieur Noireau m'a laissé à Manheim,

voilà ce que monsieur Jérémie m'a dit : Tu

vas rester ici vingt-quatre heures sans te

montrer, puis tu iras trouver Sarah. Et tu

lui diras ceci : « Ludwig Meyer m'envoie

» vers vous pour vous dire qu'il vous at-

» tend à Paris où je vous conduirai : il a

» appris qu'un grand danger vous menace,

» il ne peut accourir lui-même vous pro-

» téger, hâtez-vous donc de le rejoindre,

» avec lui *seul* vous serez en sûreté. »

Vous voyez que je ne me suis pas mal

tiré de mon ambassade, ma colombe, puisque vous voilà en cage, comme disait mon
chef, monsieur Noireau. A sa santé !

Et l'ivrogne avala un nouveau verre
d'eau-de-vie dont la main vacillante ré-
pandit la moitié, ce fut le dernier.. Vaincu
par l'ivresse, il coula à bas du canapé et
resta étendu sur le carreau.

Au même instant des pas précipités se
firent entendre dans l'escalier.

Ce bruit fit dresser debout la jeune juive

comme si elle eut été soudain soumise à l'effet du galvanisme.

Rappelée au sentiment de son danger personnel, par un rapide mouvement, elle se plaça entre la table et la fenêtre dont elle avait déjà vérifié la position pendant qu'elle était seule, et elle attira en outre à elle le fauteuil qu'elle venait de quitter pour s'en faire un rempart.

Car dans celui qui arrivait, elle avait reconnu au seul bruit de ses pas le misérable qui, plein de confiance dans le succès de

sa ruse infernale, venait sans doute tortu-
rer sa victime et lui arracher un consente-
ment à une union abhorrée.

Elle avait reconnu le neveu d'Abraham
Brœmmer.

Jérémie en entrant heurta le corps de
Séraphin étendu à terre presque en travers
de la porte; il se baissa pour le regarder,
et un juron s'échappa de ses lèvres en
voyant dans quel état était l'agent.

— Quelle brute! fit-il à demi-voix et en
le secouant, j'ai bien fait d'arriver... elle

aurait pu profiter pour s'enfuir de l'ivresse

du misérable. Allons debout ! ivrogne, con-

tinua-t-il d'une voix impérative...

Séraphin ne répondit à cette injonction

que par un ronflement sonore, et ne bou-

gea pas le moins du monde.

Sans perdre de temps en paroles, le juif

saisit le dormeur par les pieds et le traîna

sans cérémonie dehors, puis il rentra dans

la chambre dont il ferma la porte à double

tour.

— Maintenant nous sommes seuls, et personne ne viendra nous déranger comme à Manheim, dit-il froidement en mettant la clef dans sa poche. Mais d'abord, avant de commencer un entretien qui sera fort intéressant pour moi, et non moins pour vous sans doute, belle cousine, permettez-moi de vous demander pardon de vous avoir laissée seule aussi longtemps avec ce butor qui a dû passablement vous ennuyer. Mais je n'ai pu venir plus tôt, quelque impatience que j'eusse de vous rejoindre.

Le ton du Juif en prononçant ces mots était empreint d'une ironie implacable. Il se sentait assuré du succès ; il allait enfin tout à la fois se venger et atteindre le but qu'il convoitait ; aussi ne se pressait-il pas et voulait-il, — qu'on nous passe cette expression familière, faire durer le plaisir, en jouant avec sa prisonnière comme le chat avec la souris avant de la mettre à mort.

Sarah, réfugiée à l'autre extrémité de là chambre, ne répondit rien à ces paroles d'excuses sardoniques. La pauvre fille rassemblait toute sa force physique, faisait appel à toute sa force morale pour soutenir une lutte qu'elle savait être inévitable, qui devait être suprême.

Pâle, les dents serrées, étreignant des deux mains le dossier du fauteuil dont elle se servait comme de barrière contre cet homme qui aurait dû la protéger, et qui se faisait son persécuteur, elle ressemblait, avec ses grands yeux fixes et brillants, à une statue du désespoir, mais du désespoir

résolu à lutter jusqu'au bout, à lutter tant
que la lutte est possible, jusqu'à la mort ; à
mourir s'il le faut plutôt que de céder.

Un léger frémissement faisait trembler
tout son corps d'une façon imperceptible,
et indiquait seul que cette forme pâle était
de chair et non de marbre.

— En vérité, on dirait que je vous fais
peur, reprit Jérémie que ce silence auquel
il ne s'attendait pas impatienta, et qui s'a-
vança d'un pas vers elle, ce n'est pas moi,
en effet, que vous vous attendiez à rencon-

trer ici, c'était cet homme à qui vous ou-
vriez là-bas, à Manheim, si complaisam-
ment la fenêtre de votre chambre, c'était
Ludwig, un lâche qui a failli m'assassiner.

Jérémie avait encore sur le cœur le coup
de marteau que Ludwig lui avait asséné
au front dans la forge de Gâo.

— Ludwig un lâche ! s'écria la jeune
fille arrachée à son immobilité et à son mutisme, par cette insulte adressée à celui
qu'elle aimait; s'il était ici comme je le

demande à Dieu, vous n'oseriez prononcer une telle parole !

— Permettez, ma belle cousine, si nous entamons ce chapitre, nous n'en finirons jamais, vous de le défendre et moi de l'attaquer. Vous le défendez parce que vous l'aimez, je l'attaque parce que je le hais. Ne sommes-nous pas rivaux ? répliqua Jérémie, satisfait de lui avoir fait rompre le silence.

— Rivaux !... dit Sarah avec un accent de mépris indicible ; Ludwig, un honnête

homme, le rival d'un misérable comme
vous !

Le juif ne sourcilla pas devant cette of-
fense et le ton dont elle était dite. Il se savait si bien le plus fort, qu'il pouvait se
montrer magnanime et généreux.

— Allons, allons, dit-il avec un regard
fauve, ne nous fâchons pas, et malgré tout
ce que vos paroles ont de désobligeant pour
moi, permettez-moi de vous répéter, au
risque de vous déplaire, que je vous aime

toujours et que rien au monde maintenant ne me fera renoncer à vous.

— Ne souillez pas ce mot en le prononçant, répliqua la jeune fille avec une autorité singulière ; et d'ailleurs, tenez, trève d'hypocrisie entre nous, continua-t-elle d'une voix brève, il y a trop longtemps que votre comédie dure. C'est un marché que vous voulez m'imposer, n'est-ce pas?... eh bien ! dites-moi vos conditions, je les accepte toutes.

— Mes conditions, répondit le juif jouant

la surprise.

— C'est la fortune que m'a légué ma

tante Léah que vous convoitez? eh bien!

cette fortune, fixez vous-même la part que

vous en voulez avoir, et je vous l'aban-

donne... Je vous l'abandonne tout entière!

— Mon Dieu, chère cousine, pour vous

être agréable, peut-être consentirais-je à

accepter votre proposition, mais malheu-

reusement, vous n'avez pas encore l'âge

nécessaire pour entrer en possession de votre legs, par conséquent tout arrangement de cette nature est encore impossible.

— Mais alors, que voulez-vous ? s'écria la jeune fille avec stupeur... Je vous offre la moitié de ce que je possède, tout si vous l'exigez, et vous refusez !...

— Oui, répondit Jérémie d'une voix doucereusement ironique, oui, car ce que je veux, ma belle cousine, avant tout, c'est vous-même !...

— Infâme!... fit la pauvre enfant, qui sentit à l'accent avec lequel étaient prononcées ces paroles que l'instant de la lutte approchait... infâme!... répéta-t-elle, en se rejetant vers la fenêtre.

— C'est vous-même!... reprit le juif, qui s'avança lentement. Pardieu! vous me croyez bien niais! continua-t-il en changeant subitement de ton, et laissant enfin éclater la joie d'une victoire que rien ne semblait devoir lui enlever; je vous tiens ici, en mon pouvoir, et je vous tiens bien, car la maîtresse de cette maison est à celui qui la paie, l'endroit est solitaire, l'heure est avancée ; personne ne peut entendre vos cris, et si, par hasard, ils étaient entendus, personne ne viendrait à votre secours ; et vous croyez que je vais vous lâcher sur la foi d'une promesse !... allons donc !... la moitié de cette fortune, dites-vous, si je vous laisse aller, quand je puis l'avoir tout entière, et vous par-dessus le marché !.

— Infâme! infâme! répétait l'aveugle
terrifiée par cet épouvantable cynisme...

— Soit, répliqua Jérémie, avec un ri-
canement de démon, infâme, si vous voulez, mais j'ai juré que vous seriez à moi,
et vous serez à moi !...

Et, s'élançant vers le point de la chambre où elle s'était réfugiée, il renversa en
une seconde la faible barricade dont elle
s'était tant bien que mal entourée.

Au bruit des meubles qu'il renversait
pour arriver jusqu'à elle, Sarah comprit

que l'instant suprême approchait où une
résolution désespérée pouvait seule la sauver.

Elle n'hésita pas.

Au moment où Jérémie se ruait sur elle
avec cette rage froide du misérable que n'ar-
rête plus aucun frein, elle ouvrit vivement
la fenêtre et, d'un bond, se trouva debout
sur l'appui extérieur où elle resta dans un
effrayant équilibre.

Jérémie s'arrêta cloué sur place par
cette menace silencieuse, il savait, par ce

qu'il connaissait du caractère de la jeune fille, qu'un seul pas en avant de sa part amènerait une catastrophe horrible, ruinant d'un seul coup toutes ses espérances.

Tandis qu'il hésitait, épiant l'instant où il pourrait se jeter sur elle et paralyser ses mouvements, le bruit d'une voiture s'arrêtant sur le rond-point juste au-dessous de la fenêtre arriva jusqu'à l'oreille de Sarah.

— Dieu vient à mon aide, s'écria la jeune

fille : à moi ! à moi ! au secours ! à l'aide !

cria-t-elle d'un accent désespéré !

Un homme sautait alors en bas de la voiture.

— Qui appelle au secours ? demanda-t-il
d'une voix mâle ; ou êtes-vous ? parlez ! et,
qui que vous soyez, par mon saint nom de
France ! vous ne m'aurez pas appelé en
vain !

— France ! s'écria Jérémie pâlissant jusques dans les cheveux, le lieutenant du capitaine, ici ! malédiction !

— Je suis sauvée ! s'écria Sarah ! ivre de joie. Ici ! ici ! cria-t-elle ; à moi !

Elle ne put achever.

Jérémie s'était jeté sur elle à corps perdu, et profitant de l'instant où son attention était détournée par les paroles qui venaient du dehors, il l'avait arrachée de la fenêtre et saisie dans ses bras.

— Sauvée, dis-tu?... pas encore!... La

porte est solide et le premier venu n'entre

pas dans cette maison comme il veut.

CHAPITRE NEUVIÈME

IX

Une danse qui se termine par un saut périlleux.

Dans la salle basse du cabaret de la *Grande-Pinte*, le départ de Séraphin allant retrouver celle que la digne madame Rocambole appelait : sa particulière, n'avait

IV 11

interrompu ni les libations, ni les conver-
sations commencées.

Celui qui tenait la corde, — comme on
dit élégamment aujourd'hui en langage de
sport, — des unes et des autres, était un
jeune homme de quinze à seize ans, celui
que nous avons entendu déjà adresser à la
maîtresse du lieu, sur sa volumineuse en-
tournure, un compliment narquois que la
grosse femme avait eu la fatuité de prendre
au sérieux.

Cet intéressant jouvenceau, jouant un rôle assez important dans la suite de ce récit, il nous faut en dessiner en quelques traits une esquisse rapide.

Il avait nom Théophile Raboulot. Agé en réalité de près de dix-huit ans, il paraissait en avoir tout au plus quinze ou seize, tant il était petit, maigre et chétif, ainsi qu'est généralement l'enfant du pavé de Paris, le vrai gamin de Paris, variété de l'espèce humaine à laquelle Théophile Raboulot se

rattachait par son origine et par ses
mœurs.

Son origine était celle d'une foule de ses
pareils. Enfant de parents pauvres, mais
peu honnêtes, il s'était trouvé orphelin dès
l'âge de six ans, heureusement encore, car
cet évènement l'avait placé sous la surveil-
lance d'un sien parrain, patron d'un cha-
land de la basse Seine, marinier d'eau
douce, brave homme au fond, lequel avait
pu inculquer quelques bons sentiments à
son filleul, avant que l'atmosphère perni-

cieux de la maison paternelle eut étouffé en
lui tout germe d'honnêteté.

Malheureusement aussi, depuis deux ou
trois années, l'instinct du gamin s'était ré-
veillé chez Théophile et il avait quitté son
parrain, malgré ses avis paternels et ses
corrections vigoureuses, peut-être à cause
même desdites corrections, pour, sous le
spécieux prétexte d'apprendre l'état de ser-
rurier, mener à son gré une vie de vaga-
bondage et de paresse.

Au moral, Théophile était un mélange d'insouciance et d'avidité, de témérité folle et de prudence cauteleuse. Généreux et dévoué au besoin par instant, il était égoïste par réflexion, flâneur et paresseux pardessus tout. Cependant si son intérêt était en jeu, si quelque sentiment de haine ou d'affection l'excitait, Théophile devenait subitement d'une activité étonnante, se multipliait pour ainsi dire, et mettait, avec une ardeur fiévreuse, au service de cette haine ou de cette affection tout ce qu'il possédait d'intelligence et de ruse.

Or, Théophile était fort intelligent et encore plus rusé.

Le surnom caractéristique de : La Fouine, qu'il tenait de ses amis et camarades, les habitués de la *Grande-Pinte*, le prouvait surabondamment.

— N'empêche, maman Rocambole, dit-il en voyant sortir Séraphin, que depuis quelque temps vous recevez dans votre

établissement des particuliers pas trop ca-
tholiques. Si ça continue, moi, je change
de niche et je donne ma pratique au *Lapin*
qui prend du ventre, barrière Montreuil. En
voilà un établissement modèle ! C'est pas
le père l'Escargot qui voudrait laisser entrer chez lui des paroissiens comme celui
qui monte là-haut !

— Qu'est-ce qu'il dit ? qu'est-ce qu'il
dit ce méchant crapaud de La Fouine ? s'é-
cria, de son comptoir, la grosse patronne
du lieu, d'un ton quasi maternel ; va-t-il

pas faire des cancans parce que je reçois une fois par hasard un ami.

— Un agent de police, et de la secrète encore ! fit La Fouine avec mépris. Merci ! faut donc que nous ayons l'agrément de ·faire vis-à-vis à des racailles pareilles. Ah ! non ! des noisettes ! J'aime mieux jouer au bouchon.

— Vas-tu te taire, môme ! — Berrichon, cria madame Rocambole au voisin le plus proche de La Fouine, si le moucheron ne se tient pas tranquille, assieds-toi dessus.

— Qu'il y vienne, dit le gamin, et je le ferai s'asseoir sur la pointe de mon couteau. C'est comme cette espèce de vieux brigand qui perche ici depuis deux jours dans le fond de votre écurie à cochons, qu'est-ce que c'est encore que celui-là ?

— Qu'est-ce que ça te regarde ? Il m'a payé, ça suffit.

— Si ça me regarde ! Elle est sûre l'oseille ! Mais ça nous regarde tous ! cria le

gamin en sautant sur la table pour se
mieux faire entendre. Est-ce que vous
croyez, mère Rocambole, que ce serait
flatteur pour nous qu'un beau jour la police tombe dans votre bazar et déniche
parmi nous quelque scélérat chargé d'une
demi-douzaine d'assassinats ou autres. Pas
vrai, les amis? On flâne, on s'amuse, on
noce, mais on n'a jamais tué personne,
hein?

— Il y a du bon dans ce qu'il dit, le

mousse, observa une des pratiques de l'é-
tablissement.

— Des bêtises ! firent quelques autres
en levant les épaules.

Deux partis se dessinaient déjà parmi
les habitués de la *Grande-Pinte* ; l'un, par-
tageant les susceptibilités du gamin, l'autre,
plus avancé en corruption et n'ayant plus
rien à perdre, auquel il était fort indifférent que l'hôtesse reçût plus ou moins
mauvaise compagnie.

— La drogue a si peu de langue ! grogna
madame Rocambole. Oh ! il ira loin si les
robes noires ne l'arrêtent pas en route.

— On ira tant qu'on voudra, et on s'ar-
rêtera soi-même quand on voudra ; répliqua le gamin avec colère. J'ai un état ;
c'est vrai que je ne le ferai jamais, mais ça
n'importe pas. J'ai-t-y pas un parrain, un
honnête homme celui-là, qui m'a déjà
offert plus de calottes qu'il ne vous reste de
cheveux à votre chignon, et qui me don-

nera toujours, sitôt que je la lui deman-
derai, une place sur son bateau. Marinier!
En voilà une profession d'amour! C'est
celle-là que je ferai quand j'aurai fini la
noce ! Pêcher à la ligne et regarder cou-
ler l'eau, c'est y pas le paradis? Pour en
revenir à votre vieux, pourquoi que vous
lui avez accordé l'hospitalité sous votre
toit? C'est un vieux criminel.

— Qu'est-ce que tu en sais ?

— Je l'ai vu, ça me suffit.

— Tu l'as vu ! s'écria la mère Rocambole
stupéfaite.

— Tu l'as vu ! répétèrent avec curiosité
tous les hommes présents.

— On a de l'œil, et quand on a, on
voit. Ouvrez l'œil comme moi et vous ver-
rez, repartit La Fouine d'un ton de supé-
riorité protectrice. Je n'ai eu l'air de rien,
continua-t-il en voyant que chacun attendait une suite à ses premières prroles ; j'ai
filé dans la cour en innocent qui va gui-
gner si les poules vont pondre, et j'ai fourré

mon nez dans le trou du vieux. Il avait sur

ses genoux une petite boîte qu'il a tout de

suite jetée dans la paille, derrière lui, et

il m'a regardé. Mais de quel drôle d'air ! Il

y avait du sang dans ses deux yeux gris

étincelants, au fond de ses cheveux em-

mêlés et de sa longue barbe jaune. On ne

voit derrière sa barbe que son nez pointu,

crochu comme un clou tordu, et ses yeux

qui ressemblent à ceux du tigre du Jardin-

des-Plantes, lorsqu'on lui a fait attendre

son dîner de viande crue, et qu'il flaire ve-

nir le gardien qui l'apporte. Je gagerais la

tête de la mère Rocambole contre un verre

d'eau-de-vie, que le vieux monstre a déjà

assassiné plus de quatre fois. Il pue le

sang, cet homme-là.

"— Bégueule! fit la mère Rocambole

d'un ton d'aigreur qui dénotait que ses

bons sentiments vis-à-vis du gamin com-

mençaient à diminuer de force devant l'in-

sistance qu'il mettait dans sa récrimina-

tion; apportez donc des odeurs à monsieur !

— Qu'est-ce qu'il peut donc avoir dans
sa boîte, le vieux, pour la cacher comme
ça quand il voit quelqu'un ? observa un des
plus anciens habitués de la maison.

— Deux paires de bas et une chemise en
loques. Qu'est-ce que vous voulez qu'il aie,
le malheureux ? demanda madame Rocambole. Ça ne possède pas un radis.

— Quatre bas et une chemise ! fit La
Fouine avec mépris. Vieille bourrique ! je

gage que sa boîte est pleine d'or et de dia-
mants. C'est un gredin qui a fait un coup et
qui se cache, pas plus.

— Quand cela serait, de quoi que tu te
mêles, gibier de potence ? s'écria la Rocambole. Qui est ce qui est maîtresse ici ? Si
tu n'est pas content, paie ton dû et file.

Avant que La Fouine, qui ne serait certainement pas resté à court, eût eu le temps
de répliquer, la porte extérieure s'ouvrit
et livra passage à un grand et beau garçon,

parfaitement bien mis suivant le goût de l'époque, et qui, s'approchant rapidement de l'hôtesse, lui dit à l'oreille quelques mots à voix basse. En entendant ces quelques mots, madame Rocambole fit la bouche en cœur et ouvrit au nouveau venu la porte qui conduisait à l'escalier.

Ce nouveau venu était Jérémie.

— Compris! s'écria La Fouine. Celui-là, c'est le particulier pour qui que l'agent de police a travaillé à l'endroit de la belle de là-haut. Une crâne fille!

— Est-ce que tu l'as vue aussi ? demandèrent deux ou trois des auditeurs.

— Parbleu ! Faut tout voir quand on veut s'instruire. Et je dis que c'est un beau brin de femme. J'en ferais volontiers mon épouse. Mais çà, c'est des affaires de femme, des rendez-vous d'amour, et je n'ai rien à y trouver à redire, entendez-vous, maman Rocambole.

— C'est heureux, enfant de voleur, grommela madame Rocambole, que tu ne m'empêches pas aussi de prêter ma maison aux amoureux.

— Quelle bêtise ! de quoi donc que vous vivriez alors. D'ailleurs, faut que tout le monde s'amuse, je ne connais que ça. Liberté ! libertas !

En ce moment Séraphin, jeté tout endormi sur l'escalier par Jérémie, ayant roulé du haut en bas des marches, entra en titubant et en se frottant les yeux.

— Eh ! vieux ! lui cria La Fouine au passage, il paraît qu'on n'a plus besoin de

vos services, là-haut. Les tête-à-tête, ça
veut du mystère comme s'il en pleuvait.
Quand on est trois, on n'est plus deux ! Eh !
allez donc ! L'amour est comme l'hiver, il
chasse les mouches.

L'ivrogne montra le poing au gamin qui
répondit à ce geste de menace par un pied
de nez.

Un cri long et déchirant se fit entendre
au-dessus. C'était le cri que Sarah avait
jeté en voyant Jérémie s'élancer vers
elle.

— On dirait tout de même qu'il n'y a pas d'entente. Voilà les pigeons qui se plument ; dit La Fouine en riant.

Madame Rocambole leva ses robustes épaules d'un air de pitié.

— Ces jeunes filles, fit-elle, ça crie à propos de rien. C'est pas des femmes, çà ! Dites donc, les amis, ajouta l'horrible mégère en s'adressant à ses honorables pratiques, si vous nous chantiez une petite chanson en chœur, histoire d'empêcher les curieux qui pourraient se promener autour de la maison, d'entendre les piaillements de cette mijaurée? C'est un service qui se rend ; et le mirliflor qui est là-haut est assez géné-reux pour vous le payer d'une tournée. Hein, ça va-t-il?

— Ça va, répondirent quelques-uns.

Un second cri plus déchirant, plus dé-sespéré encore que le premier, suivi de ces mots : A moi ! à l'aide ! au secours ! retentit de nouveau.

— Minute! glapit La Fouine, dont la voix perçante domina un instant le chant que les fidèles de la maîtresse du lieu entonnaient déjà, si on l'assassine, la fille, ce n'est plus de jeu! Faut voir çà!

Au même instant, la porte donnant sur le rond-point s'ouvrit toute grande, et un jeune homme parut qui dit:

— Est-ce que vous n'entendez pas? on assassine quelqu'un ici, une femme!

Mais cet homme n'avait pas eu le temps

de faire un pas dans la salle, que madame

Rocambole s'était élancée au-devant de lui

et le repoussait énergiquement de ses deux

mains en lui criant :

— Qu'est-ce que vous venez faire ici ?

On ne vous demande rien. Passez votre

chemin. A moi, Berrichon ! à moi, les amis !

fichez-moi cet animal-là dehors !

Berrichon et deux ou trois autres, ré-

pondant à l'appel de leur digne hôtesse se

précipitèrent à son aide.

— Ah ! c'est ainsi ! s'écria le jeune

homme, Cette maison est donc un coupe-

gorge ! Nous allons rire alors.

Et sans respect pour la plus belle moitié

du genre humain, dont faisait partie ma-

dame Rocambole, d'un soufflet qui eût as-

sommé un bœuf, et qui s'applatit avec un

bruit mat sur l'énorme joue de la grosse

femme, il l'envoya rouler entre deux ta-

bourets ; puis, saisissant un banc par un

bout et le faisant tourner autour de lui,

comme si c'eût été une simple canne, il
faucha par le milieu du corps les deux ou
trois bandits qui se présentaient, et voyant
alors le champ libre, s'orientant de l'œil, il
franchit la salle d'un bond, et s'élança dans
l'escalier.

— Tonnerre ! s'écria La Fouine émer-
veillé, quelle poigne ! Eh bien ! mes petits
amis, dit-il aux victimes de ce tour de
force, vous vouliez chanter, on vous a fait
danser, et quelle danse !

Dans la chambre au-dessus, Sarah, la

pauvre aveugle, luttait contre son bour-
reau, avec toute l'énergie du désespoir.
Mais elle s'épuisait en efforts inutiles. Ses
membres broyés par la rude étreinte du
juif s'engourdissaient peu à peu, les oreilles
lui tintaient, la respiration commençait à
lui manquer.

Et cependant elle luttait toujours, car
succomber, c'était pour elle plus que la
mort, c'était le déshonneur.

Néanmoins ses forces s'éteignaient, elle
allait être vaincue, lorsque soudain la

porte de la chambre vola en éclats, et Jérémie, saisi par une main terrible, fit un
tour sur lui-même et disparut, lancé à travers une fenêtre dont la violence du choc
brisa en même temps les vitres et le châssis
fermé.

On entendit à l'extérieur un grand cri
poussé par le misérable, puis plus rien.

CHAPITRE DIXIÈME

X

Jalousie désarmée.

La fatigue, la terreur, la joie immense
de se sentir sauvée, toutes les impressions
d'une affreuse violence que la malheureuse
enfant avait ressenties en quelques ins-

tants, avaient déterminé chez la jeune juive une syncope foudroyante. Comme son libérateur passait le seuil de la chambre, elle tombait évanouie sur le carreau.

France se pencha vers elle et la considéra attentivement durant une ou deux secondes.

— Pauvre enfant! dit-il, elle est complètement sans connaissance, et ses bras meurtris, le désordre de ses vêtements,

témoignent de la longueur et de l'acharne-
ment de la lutte qu'elle a si courageuse-
ment soutenue. Sans mon arrivée, le misérable allait en avoir bon marché. Je dois
l'avoir tué en le faisant passer au vol à
travers une croisée, mais je ne le regrette
pas; il n'a que ce qu'il mérite. Ah ça!
maintenant, que vais-je faire de cette jeune
fille ? On ne peut pas songer à la laisser
ici une minute de plus; cette maison est
un horrible coupe-gorge. Qu'en faire ? Si
je pouvais attendre qu'elle revienne à

elle, peut-être me dirait-elle où elle voudrait être conduite, mais je ne peux attendre. L'heure de mon rendez-vous avec
M. Philidor va sonner, et il s'agit d'inté-
rêts trop graves pour que rien au monde
m'y fasse manquer : il s'agit de la liberté,
peut-être de la vie de Marcel et de Ludwig. Que faire? répéta France, véritablement embarrassé.

Il se frappa le front avec joie : il avait
trouvé.

— Parbleu ! fit-il ; elle ne peut être

nulle part mieux que là, et j'ai le temps

de l'y porter et de revenir encore assez tôt

pour retrouver mon homme à son poste.

Cette jeune fille qui m'a si généreusement

recueilli et soigné, il y a quatre jours, ne

refusera certainement pas de la recevoir ;

elle est jeune, elle paraît riche ; quelques

soins à donner à cette malheureuse ne

peuvent être pour elle une lourde charge.

C'est décidé, allons à Saint-Mandé.

France était l'homme d'exécution par

excellence. Une fois un parti pris, il ne perdait jamais grand temps avant d'agir.

Enlevant légèrement dans ses bras la jeune juive, il sortit de la chambre et descendit l'escalier. Avant d'entrer dans la salle du bas, il prit seulement la précaution de retirer un pistolet de sa poche, et de l'armer.

— Que personne ne bouge, dit-il en paraissant sur le seuil chargé de son fardeau. Le premier gredin qui lève un doigt, je le tue.

Cette menace était inutile. Personne
maintenant ne pensait à inquiéter sa re-
traite à travers cette salle-basse où son
premier passage avait laissé de si pro-
fondes traces.

Ainsi deux des bandits, le Berrichon et
un autre, étaient encore étendus sur le
plancher, au milieu des débris d'une table, de tabourets, de verres et de bou-
teilles : l'infortuné Séraphin qui semblait
avoir un don particulier pour recevoir la
plus large part dans toutes les occasions

où il y avait des horions à gagner, gisait piteusement dans un coin où quelques éclaboussures du combat étaient venues l'atteindre; enfin la maîtresse de l'établissement elle-même, la redoutable madame Rocambole, les bras croisés sur sa grasse poitrine, contemplait d'un œil sombre le champ de bataille où venait de succomber son prestige désormais perdu aux yeux de sa clientèle, puisqu'elle s'était laissé battre sur son propre terrain, dans sa propre maison.

Seul l'intéressant La Fouine, qui s'était prudemment tenu à l'abri de l'orage, était fort paisiblement assis à sa place et dégustait avec une satisfaction évidente le verre à demi plein que son voisin, à demi assommé par France, n'avait pas eu le temps de vider.

France traversa la salle dans toute sa largeur sans que personne fît un seul mouvement.

La mère Rocambole, seule, ne put réprimer un sourd grognement, mais ce fut tout.

Il allait atteindre la porte, lorsqu'une voix aigrelette le fit se retourner.

— N'oubliez pas le garçon, bourgeois, lui dit La Fouine, la main tendue.

France regarda le gamin, et se mit à rire.

— Tiens, dit-il, lui jetant un louis que La Fouine attrappa au vol, ton impudence vaut bien cela.

Il sortit de l'auberge.

La Fouine, renversant table et bancs, s'élança derrière lui.

— Où vas-tu, garnement ? lui demanda madame Rocambole.

— J'en sais rien, répondit le gamin, mais ce qu'il y a de sûr, c'est que je ne lâche pas d'un cran un paroissien qui vous pousse dans le nez des louis, comme si c'était des noix, et qui a vous une si rude poigne. Je veux m'en faire un ami !

Une minute après, la voiture qui avait amené France et qui l'attendait sous les arbres du rond-point roulait vers Saint-Mandé, emportant le jeune homme et Sarah, toujours sans connaissance.

La Fouine sans être remarqué ni de France, ni du cocher, avait effrontément pris place sur le strapontin de derrière et se laissait insouciamment enlever.

Nous avons vu l'arrivée de France à la maison de Saint-Mandé, nous avons été témoins de la joie folle qui avait enivré la fille de Noireau, lorsqu'elle avait reconnu le jeune homme, et du désespoir, de la rage jalouse, non moins folle, qui s'étaient emparés d'elle en apercevant une femme dans ses bras; il nous reste à dire quelle avait été la suite de la démarche de France près d'Athénais, afin d'obtenir d'elle un asile sûr et honorable pour celle qu'il venait de sauver.

Athénais avait ouvert la grille devant France et se tenait à l'entrée, immobile et pâle.

— Je vous attendais, dit-elle froidement au jeune homme étonné de la trouver là, à cette heure et par le froid glacial
qu'il faisait; je savais que tôt ou tard vous
auriez besoin de moi. Mais je vous attendais seul. Quelle est cette femme ?

La voix d'Athénais trembla en prononçant ces derniers mots.

— Mademoiselle, répondit le jeune
homme de sa voix grave et sonore, cette
femme est une malheureuse enfant que je

viens de sauver du plus épouvantable

sort et que j'ai arrachée de vive force

d'une maison infâme, où, j'en suis cer-

tain, elle n'avait pu être attirée que par

quelque lâche tromperie. Je ne pouvais

pas la laisser derrière moi, et je ne savais

où la conduire lorsque votre souvenir

m'est venu. Vous m'êtes apparue si bonne,

si dévouée, si généreuse, que je n'ai pas

hésité à vous apporter ma protégée, qui,

vous le voyez, est encore sans connaissance, et a besoin de soins qu'une femme

seule peut donner. Ai-je eu tort ?

— La connaissiez-vous déjà, cette jeune

fille ? demanda Athénais, sans tenir compte

de la question du jeune homme.

— Je ne la connaissais pas; je ne l'a-

vais jamais vue, répondit celui-ci assez

surpris de cet interrogatoire préliminaire.

— Et c'est d'une femme que vous ne

connaissez pas, que vous n'avez jamais

vue, que vous vous faites ainsi le champion à force ouverte? exclama la fille de

Noireau avec défiance.

— Mademoiselle, répliqua sèchement

France que cette façon de le recevoir

commençait à blesser profondément, si

l'on ne portait secours qu'aux gens que

l'on connaît, vous ne m'eussiez pas si gé-

néreusement traité, il y a quelques jours.

Quant à moi, je me fais toujours, et sans

explications préalables, le champion de

ceux qui souffrent contre ceux qui les

font souffrir, du faible contre le fort, du

bien contre le mal. Je regrette très-sin-
cèrement la démarche que je viens de
faire près de vous, et je vous prie d'en
agréer mes excuses.

Sans ajouter une parole, il fit volte-face
du côté de la voiture.

Athénais devint pâle comme une morte.

— Arrêtez ! s'écria-t-elle en s'élançant
après lui; arrêtez et venez. Je suis folle ;
il faut me pardonner.

Elle referma la grille derrière eux.

— Voulez-vous me donner votre main, dit-elle. Il fait sombre et vous ne pourriez pas me suivre si je ne vous guidais pas.

France ne vit aucune raison de refuser l'aide qu'on lui offrait, et supportant sur son bras gauche tout le poids de la jeune juive, il tendit sa main droite dans laquelle la fille de Noireau laissa tomber sa main.

Cette main était glacée. Au contact des doigts du jeune homme tout le sang d'Athénais avait reflué à son cœur.

Elle conduisit France jusqu'à sa chambre, et là, tandis qu'elle prodiguait à Sarah les soins que réclamait son état, elle se fit raconter par le jeune homme les détails de l'aventure qui avait amené sa délivance.

France ne savait rien de ce qui concernait celle qu'il avait sauvée, mais ce n'était pas là ce qui importait le plus à Athénais. Ce qui lui importait, ce qui, chassant à la fois tous ses soupçons et toutes ses craintes, ramena le calme dans son cœur et illumina sa belle tête d'un rayon de joie céleste, fut le simple récit que fit le jeune homme de ce qui venait de se passer au cabaret de la *Grande-Pinte*.

Ainsi, France avait dit vrai, France ne connaissait pas sa protégée, il ne l'avait jamais vue avant ce jour, donc il ne l'aimait pas. Pour Athénaïs, tout était là, le reste n'était rien.

La jeune juive, enfin ranimée, fit un léger mouvement et un faible soupir souleva sa poitrine, en même temps qu'un nom,

le premier, le seul qu'elle put invoquer

s'échappa de ses lèvres :

— Ludwig! murmura-t-elle, Sarah va

être perdue pour toi! Sauve-la! Ludwig!

— Ludwig! s'écria France qui, impé-

rieusement rappelé par son rendez-vous

avec M. Philidor, s'apprêtait à partir. Sa-

rah! Ludwig! a-t-elle dit.

— Quel est ce nom? demanda la fille

de Noireau.

— Le nom d'un de mes amis les plus chers, un ami que j'ai jeté, lui et un autre, dans une entreprise folle, terrible, à laquelle ils sont forcés de sacrifier leur liberté et leur tête. Tous deux, en ce moment, traqués de près par un misérable de la police secrète, sont peut-être déjà perdus, et c'est à les sauver que j'ai consacré tous mes efforts, ma vie, s'il le faut. Cette jeune fille, continua France en désignant Sarah qui était retombée dans une espèce de demi-sommeil d'épuisement, est le seul amour, le seul espoir de mon pauvre Ludwig. Mais est-ce bien elle? Par quelle horrible machination l'a-t-on entraînée de Manheim, du fond de l'Allemagne, ici, à Paris, au sein de cette infâme maison, où, sans moi, elle était la victime du plus lâche, du plus atroce des attentats? Car cette malheureuse enfant est aveugle, aveugle de naissance! Ludwig m'en a parlé cent fois.

— Aveugle! répéta Athénaïs avec un profond sentiment de pitié; pauvre fille!

— Qui l'a amenée de Manheim à Páris?
Est-ce Ludwig lui-même, est-ce quelqu'autre? je m'y perds! dit France, en
proie à la plus vive agitation. Mademoiselle, ajouta-t-il en prenant dans ses deux
larges mains les petites mains d'Athénais,
je croyais vous avoir amené, pour vous
la confier, une malheureuse inconnue
n'ayant d'autre titre à mon aide que son
malheur; maintenant, c'est du fond de
l'âme que je vous demande pour elle se-

cours et protection. Tandis que je tente-
rai de sauver Ludwig, mon ami, veillez
sur sa fiancée.

— Elle sera ma sœur, dit énergiquement
la fille de Noireau. Ici elle est en sûreté
comme sous votre propre garde.

— Merci, répliqua simplement le jeune
homme.

Il reprit son chapeau qu'il avait jeté sur
un meuble en entrant.

— Vous reviendrez la voir? demanda
Athénaïs avec une émotion visible.

— Merci encore de me l'avoir offert, répondit France.

Il serra cordialement, fraternellement la main que lui tendait de nouveau la jeune fille et sortit.

— Sarah est sauvée, se dit-il en regagnant sa voiture; à présent au tour de Marcel et de Ludwig. Allons voir M. Philidor.

Aussitôt que le bruit des pas de France eut cessé, Athénaïs, se penchant sur le lit où reposait la jeune juive, la regarda un moment en silence, puis elle la baisa au front avec une sorte de piété reconnaissante.

— Sois bénie, murmura-t-elle, toi qui es cause que je l'ai revu, toi qui seras cause que je le reverrai.

CHAPITRE ONZIÈME

XI

Un loup pris au piége.

Une chambre au plafond élevé, aux murs matelassés pour amortir le bruit et étouffer tout indice révélateur aux oreilles des habitants ordinaires de l'hôtel de monseigneur

Fouché, — car c'est chez l'ex-ministre de la police que nous transportons de nouveau le lecteur, — une chambre où le jour n'arrive que d'une coupole vitrée placée au moins à vingt pieds du sol, et dans laquelle s'étale un mobilier simple mais confortable; tel est le lieu où, le lendemain de la scène du chapitre précédent, nous retrouvons Marcel que nous avons laissé aux mains de Noireau à la sortie de la forêt de Kell.

La présence de Marcel chez Fouché est donc une preuve à peu près certaine que l'agent secret, lui aussi, est de retour.

Noireau, en effet, était arrivé la veille au soir, à Paris, avec son prisonnier, et avait ainsi considérablement diminué, ou plutôt absolument détruit l'importance de la contre-mission que son collègue et ami Jacopo avait reçue de l'ex-ministre à son endroit.

Jacopo, parti le soir même où il avait été rendre visite à Athénaïs dans sa maison de

Saint-Mandé, visite à laquelle nous avons assisté, s'était rencontré avec Noireau à une trentaine de lieues de Paris, à une potse où tous deux s'arrêtaient pour changer de chevaux.

L'Italien, après avoir, sous le sceau du plus profond secret, fait part à celui qu'il avait toujours l'espoir d'appeler un jour son beau-père, des soupçons de Fouché à son égard et de la mission dont il était chargé, avait, de son autorité privée, regardé cette mission comme terminée par la

rencontre de Noireau et avait tourné bride,
en changeant le cheval de poste qui le portait vers Strasbourg, contre une place, à
côté de Noireau, dans la voiture qui rame-
nait celui-ci à Paris.

Marcel avait donc eu, pendant le reste du
voyage, le double avantage de l'honorable
société de Noireau et de son collègue Jacopo. Mais il n'en avait témoigné, il n'en
avait ressenti ni satisfaction, ni déplaisir.
Indifférent à tout ce qui l'entourait, à tout
ce qui se passait près ou loin de lui, à tout

ce qui pouvait l'intéresser personnellement lui-même, depuis qu'il avait perdu l'espoir de jamais revoir celle qu'il aimait, il se laissait conduire où on voulait le mener, sans s'inquiéter en rien du terme du voyage.

Noireau, qui s'y connaissait, avait daigné lui faire compliment de sa tenue, et lui dire qu'il n'avait pas encore eu sous sa garde un prisonnier d'aussi facile composition.

N'opposant jamais de refus, même aux propositions les plus énormes, il avait par-

faitement accepté, avec un geste d'insouciance, celle qui lui avait été faite, dès que
la voiture roula sur le pavé de Paris, de se
laisser bander les yeux. Aussi lorsque les
chevaux s'arrêtèrent devant une petite porte
cintrée, ouverte dans le mur du jardin de
l'hôtel de Fouché, n'eut-il aucune idée du
lieu où on l'introduisait.

Une fois dans la chambre secrète où nous
le retrouvons, Noireau l'avait quitté et s'é-
tait immédiatement rendu près de son maître, auquel il n'avait pas eu beaucoup de

peine à prouver son innocence de toute
trahison en lui rendant simplement compte
de ce qui s'était passé en sa présence et à
sa connaissance, de l'autre côté du Rhin.
L'ancien ministre, frappé de la gravité des
faits, avait non-seulement absous Noireau
de toute incrimination, mais lui avait encore témoigné sa satisfaction d'avoir amené
sous sa haute main un personnage assez
avancé dans le complot royaliste pour lui
en faire savoir tous les détails.

Fouché ne doutait pas alors un seul instant de l'empressement qu'allait mettre son
prisonnier à l'instruire.

L'introduction de Marcel dans cette prison
particulière de l'hôtel, avait donc eu lieu
avec tout le mystère qui accompagnait
d'habitude les actes de l'ancien ministre,
et nul dans l'hôtel n'y soupçonnait la présence d'un hôte de plus, à l'exception d'un
ancien valet de chambre de Fouché, qui
avait été constitué en geôlier de Marcel,
avec charge de veiller à tous ses besoins,

et de M. Philidor, qui avait accompagné son maître dans la visite qu'il avait faite au prisonnier aussitôt qu'il avait su son arrivée.

Le résultat de ce premier interrogatoire avait été beaucoup moins satisfaisant que Fouché ne pensait.

L'ancien ministre, qui voulait avoir les prémices des révélations importantes sur lesquelles il avait droit de compter, d'après les promesses de Noireau, avait été fort

désappointé, et dans les premiers instants
qui suivirent ce désappointement, il avait
été sur le point de rendre son prisonnier à
Noireau, pour que celui-ci le livrât à l'autorité régulière.

Mais son fidèle limier lui avait fait obser-
ver que vingt-quatre heures de réflexions
solitaires changeraient peut-être bien du
tout au tout les dispositions du jeune
homme, et Fouché s'était résolu à laisser
s'écouler ces vingt-quatre heures avant de
recommencer sa tentative pour arracher

le prisonnier au mutisme qu'il avait gardé
lors de son premier interrogatoire.

. En effet, pendant ces vingt-quatre heures,
Marcel avait réfléchi, beaucoup réfléchi ;
malheureusement ses réflexions n'avaient
pas pour objet ce qui intéressait particulièrement Fouché, c'est-à-dire la politique.

La politique ! Marcel n'y avait jamais si
peu songé !...

Ce à quoi il songeait, c'était à son amour,
à Marie de Rochefort, dont il évoquait à

chaque instant devant lui le gracieux et
aristocratique visage ; ce à quoi il songeait,
c'était aux chances qu'il possédait de pouvoir un jour la nommer sienne, et ces
chances étaient si nulles maintenant que le
comte de Rochefort avait prononcé, que,
plus le pauvre jeune homme songeait, plus
grands devenaient son découragement et
son dégoût de l'existence.

Que faire sur terre sans Marie et sans
son amour ?

Ce soir là, le jeune homme, vaincu par la fatigue et l'insomnie, s'était jeté sur un lit de repos et avait cherché l'oubli dans le sommeil.

Mais ce n'était pas le sommeil qui était venu le visiter, et le cauchemar qui l'oppressait, au lieu de lui apporter l'oubli, lui rappelait au contraire, sous des traits encore assombris, tous les souvenirs qu'il avait voulu chasser.

Tantôt il croit être encore à cette chasse où Cadoudal lui a fait jouer un rôle si utile

au parti qu'il sert, et il lui semble voir dé-
filer devant ses yeux, dans une procession
fantastique, chevaux lancés au galop, chiens
ardents et piqueurs enflammés à la pour-
suite du gibier; tantôt, il se voit assis dans
le salon du château d'Este, à côté de la
blonde fille du comte de Rochefort, dont
les yeux bleus se lèvent furtivement sur
les siens, et qui lui disent : espoir et courage, je vous aime !

Puis, tout à coup, à cette douce illusion

succède brusquement un autre tableau dans son cerveau troublé.

Il entend les paroles dures du comte qui le repousse ; il voit fuir Marie qu'on lui arrache, Marie qui pleure et se détourne encore pour l'apercevoir plus longtemps, mais qui fuit enfin pour disparaître à jamais ; puis il lui semble se sentir saisir par deux hommes masqués et jeter dans une voiture qui l'emporte rapidement dans les ténèbres ; cette voiture roule, roule toujours pendant un temps qui lui semble ne jamais devoir finir. Par instant, il se réveille d'un som-

meil léthargique qui engourdit ses facultés,

et c'est pour voir, penchée sur lui, la figure

de l'espion et ses petits yeux étincelants

d'astuce féline.

Puis, enfin, il lui semble que les soubre-

sauts de cette voiture qui l'ont fait cruelle-

ment souffrir depuis tant de jours; depuis

combien ? il ne se rappelle pas; il lui sem-

ble que les soubresauts de la voiture cessent, et qu'il se sent de nouveau emporté

dans un endroit étrange, où les pas de

ceux qui le portent ne produisent aucun

bruit, où le son de la voix meurt aussitôt

sorti des lèvres, qu'éclaire un jour mysté-

rieux, et où un personnage à la figure

blême et froide, auquel obéissent ses ravis-

seurs, lui parle et lui demande, il ne sait

quoi, d'une voix glacée.

Puis, toutes ces images finissent par se

heurter dans sa tête, par s'y mélanger

dans une inexprimable confusion, et, suc-

combant sous le poids de ce chaos, il s'en-

dort enfin d'un sommeil agité et pénible.

Il dormait ainsi depuis peut-être une

heure lorsque la clef de la porte tourna

doucement dans la serrure, la porte s'ou-

vrit et un homme entra.

Cet homme était revêtu du costume d'un

valet de chambre de bonne maison, et por-

tait, sur un plateau d'argent, un flacon

contenant un liquide d'un rouge foncé et

un verre de cristal.

Derrière, dans la pénombre de la porte,

apparaissait un petit homme sec et maigre,

dont on ne voyait, au milieu du visage, que

les verres bleus de ses lunettes.

Le valet toucha légèrement du doigt l'é-

paule de Marcel.

Celui-ci se réveilla, et fixa sur cet homme

un regard encore allourdi par le sommeil.

— Préparez-vous à recevoir la visite de

mon maître, dit le valet, dans quelques mi-

nutes il sera ici avec son secrétaire. Buvez

un verre de ce cordial, ajouta-t-il, en rem-

plissant le verre de cristal avec le contenu

du flacon et en le présentant à Marcel,

vous allez avoir besoin de forces tout à

l'heure; ceci vous en donnera.

Le jeune homme tressaillit en entendant

ces paroles.

Il lui semblait reconnaître la voix qui les

avait prononcées, et il regarda attentive-

ment le valet.

— Je suis fou ! se dit-il à demi-voix. C'est

encore un reste de fièvre, sans doute.

Il haussa les épaules, de pitié, sans

doute, de l'idée qui lui était venue, et, prenant le verre que lui tendait le geôlier im-

passible, il but.

— Votre maître peut venir, dit-il d'une

voix ferme, je suis prêt à le recevoir.

CHAPITRE ONZIÈME
(Suite.)

XI

Le valet sortit sans mot dire.

Mais si la chambre eût été moins sombre,

car la nuit était tout à fait venue, et une

seule lampe brûlait sur une petite table

dans un angle de la pièce, Marcel eût pu

voir un sourire étrange passer rapidement

sur les lèvres de cet homme au moment

où il refermait la porte et faisait tourner

de nouveau la clef dans la serrure.

Il n'eut pas le temps, du reste, d'appro-

fondir davantage la pensée que le son de

cette voix avait fait naître en lui, car à

peine avait-il eu le temps de faire à son

costume quelques changements, que la

porte s'ouvrit de nouveau et livra passage

à Fouché, suivi de son secrétaire automate,

de M. Philidor.

— Restez dehors, dit l'ex-ministre au va-

let qui se tenait debout derrière lui, et

n'entrez que lorsque j'appellerai.

Le valet se retira, après avoir laissé tom-

ber sur M. Philidor un regard de menace

impérieuse.

Marcel s'était levé pour recevoir ses vi-
siteurs.

Le verre de cordial avait produit sur lui
un effet merveilleux ; la fatigue avait dis-
paru, son œil étincelait, et il se sentait
plein de vigueur et d'énergie.

Fouché parut surpris de ce changement
survenu depuis sa première visite dans l'at-
titude du prisonnier. Mais, comme il n'en-

trait point dans son système de chercher à

obtenir par la faiblesse du corps les secrets

de l'esprit, il se réjouit de cette améliora-

tion qui lui permettait au contraire d'exer-

cer sur cet esprit, redevenu vigoureux, tous

les raffinements de cette torture morale

appelée un *interrogatoire*.

— Asseyez-vous, monsieur, dit-il poli-

ment au jeune homme, et veuillez répondre

à mes questions.

— Avant de répondre à une seule,
monsieur, répliqua froidement Marcel, je
désire savoir d'abord où je suis et à qui je
parle ?

— Vous êtes chez moi, répondit l'ancien
ministre ; quant à vous dire qui je suis, cela
est parfaitement inutile et il ne vous servi-
rait à rien de le savoir.

— Ah!... dit Marcel, un peu désappointé par le ton calme et froid avec lequel lui avait été faite cette réponse. Il est cependant indispensable, avant tout, que je sache de quel droit vous m'interrogez...

— Je pourrais vous répondre tout simplement du droit du plus fort, le meilleur de tous dans certaines circonstances, répondit Fouché sans s'émouvoir ; cependant je veux bien vous dire que si, dans cet instant, vous êtes mon prisonnier, c'est que j'étais fondé à faire opérer votre arrestation, et que si je vous interroge, c'est que j'en ai le droit!

— Soit, répondit tranquillement Marcel. Je ne veux ni perdre mon temps, ni me fatiguer à rétorquer vos arguments et à les combattre. Vous avez, dites-vous, à m'interroger? Interrogez. Je verrai si je veux ou si je ne veux pas répondre.

Fouché réfléchit quelques instants.

M. Philidor, modestement à l'écart, une feuille de papier dans une main et une plume dans l'autre, assistait sans mot dire à cette scène. De temps à autre seulement, sa petite tête se tournait par un mouvement saccadé du côté de la porte, comme si quelque chose l'eût inquiété dans cette direction.

Dans le corridor, aucun bruit ne se faisait

entendre, si ce n'est les pas discrètement

mesurés du valet montant sa faction.

— Avec un garçon moins intelligent que

vous, dit enfin l'ancien ministre, je pren-

drais peut-être un biais pour arriver à mes

fins ; avec vous, j'irai droit au fait. Je veux

avoir de vous quelques renseignements et

détails sur le complot ourdi, en ce moment

de l'autre côté du Rhin, par le parti coalisé

des princes et des émigrés d'une part, des

agents anglais de l'autre. Vous voyez
que je suis franc. Ce complot, dans lequel
vous n'avez encore, il est vrai, joué qu'un
rôle secondaire, mais dans lequel vous de-
viez jouer plus tard un rôle fort actif, vous
le connaissez tout entier, et quoique j'en
connaisse au moins aussi bien que vous les
principaux acteurs et le but, je désire apprendre de vous certaines circonstances

qui ne m'ont pas été, je crois, fidèlement

rapportées.

Durant tout le temps que Fouché avait

parlé, le jeune homme ne l'avait pas inter-

rompu une fois. Lorsqu'il eut fini, il se con-

tenta de hausser légèrement les épaules.

—Tout cela pour m'engager à commettre

une infamie! dit-il. Mais je ne puis même

avoir envie de la commettre, car tout ce

que vous venez de me raconter d'une conspiration prétendue, d'un rôle qui m'y était
destiné, sont choses pour moi toutes nouvelles. Je crois que vous avez fait sur mon
compte une étrange erreur. Vous avez
espéré, en me faisant saisir, vous emparer
de quelque important personnage et vous
vous êtes grandement trompé.

Fouché prit dans sa poche un assez vo-
lumineux dossier qu'il se mit à feuilleter

en silence pendant deux ou trois minutes.

— Vous vous nommez Marcel d'Anther-

ny, dit-il enfin de sa voix sèche et incisive.

— C'est vrai, répondit Marcel.

— Vos parents sont morts en 93 sur

l'échafaud révolutionnaire ?

— C'est encore vrai.

— Vous êtes amoureux de la fille d'un

émigré, le comte de Rochefort ?

— Monsieur ! fit Marcel avec colère.

— Ce qui veut dire, poursuivit impitoyablement Fouché, que vous vous êtes fait conspirateur par amour plutôt que par conviction. Cela vous sera compté, à un moment donné, comme circonstances atténuantes. Croyez-vous encore que je me sois grandement trompé, et refusez-vous toujours de me donner des éclaircissements que j'obtiendrai, dès que je le voudrai, du comte de Rochefort lui-même ?

Marcel fit un geste énergique de dénéga-
tion.

— Je ne sais pas ce que vous avez l'intention de demander au comte de Rochefort, dit-il, mais je suis garant que jamais
vous ne lui ferez commettre une action
déshonorante. Le comte de Rochefort est
un honnête homme.

Un sourire ambigu plissa les lèvres min-
ces de Fouché, en entendant cette qualifi-

cation d'honnête homme accolée au nom

du comte.

— Ainsi, vous refusez? dit-il.

— Parfaitement.

— Quelque chose qui puisse résulter

pour vous de ce refus ?

— Quelque chose qui puisse résulter

pour moi de ce refus?

— Très-bien, répliqua Fouché, visible-

ment déconcerté ; alors il ne me reste plus

qu'à vous faire quitter cette prison dans

laquelle, après tout, il ne vous manque

rien, pour une autre, d'une espèce toute

différente, où vous serez probablement

moins bien traité qu'ici.

— Cela m'est parfaitement égal, dit Mar-

cel avec insouciance ; je ne tiens pas à mes

aises.

— Permettez ; je n'ai pas fini, continua

froidement l'ex-ministre, et d'où vous ne

sortirez sans doute que pour être...

Il s'arrêta.

— Achevez.

— ... Fusillé!... dit lentement Fouché,

examinant du coin de l'œil la physionomie

du jeune homme.

Marcel eut un franc éclat de rire.

— Ah! parbleu, mon cher monsieur, fit-

il, si vous avez cru m'effrayer avec cette

menace, vous vous êtes, pour la seconde
fois, grossièrement trompé. Quelque ex-
traordinaire que cela puisse vous paraître,
je tiens fort peu à la vie. Mourir fusillé aujourd'hui, mourir dans mon lit demain,
m'est en réalité assez indifférent. Je suis
trop franc pour vous cacher que si je trou-
vais en ce moment un moyen pour m'échap-
per de vos mains, je ne le saisirais pas,
dans l'unique but de prévenir et de sauver

ceux dont vous comptez plus tard faire

votre proie.; mais en présence de l'impos-

sibilité reconnue de m'évader, je vous

laisse parfaitement libre de faire de moi

ce que vous voudrez.

Fouché le regarda en face pour juger ce

qu'il y avait de vrai. dans cette héroïque

insouciance.

— Diable ! se dit-il, Noireau ne m'a pas

fait un si grand cadeau. C'est un enthou-

siaste de bonne foi, et ces gens-là se lais-
sent fusiller sans mot dire. Peste soit des
conspirateurs amoureux ! Qu'il soit fait selon vos désirs, dit-il tout haut, vous allez
être livré à l'autorité régulière...

En prononçant ces mots, il se leva et
se tourna vers la porte.

Ce mouvement le mit face à face du valet chargé de la garde de Marcel, lequel,
arrachant ses favoris et sa perruque...

rousse, sortit, d'un geste rapide comme

l'éclair, de dessous son habit, un pistolet

tout armé dont il lui présenta le canon.

— Un mot ! un geste et je vous fais sau-

ter le crâne, dit-il d'un ton qui ne permet-

tait pas de douter qu'il ne fût résolu à

exécuter sa menace.

— France ! s'écria Marcel.

— Prends cette arme, lui dit France

brièvement en lui tendant un autre pistolet, et ne manque pas de casser la tête de

monsieur, ajouta-t-il en désignant Philidor,

s'il s'avise de jeter un cri.

Il ne paraissait guère probable que le

pauvre secrétaire eût aucune velléité de

ce genre. Tout son corps tremblait telle-

ment qu'il paraissait incapable de faire la

moindre démonstration hostile, et ses pe-

tits yeux avaient une expression d'effroi

hagard qui le rendait presque comique.

Quant à Fouché, au premier coup d'œil qu'il avait jeté sur France, il avait compris que toute résistance serait non-seulement inutile, mais fatale.

Devenu subitement d'une pâleur cadavéreuse, — ce courage personnel qui fait face au danger, n'était pas précisément la vertu dominante de l'ex-ministre, — il s'appuya au mur et balbutia d'une voix qu'il essaya en vain de rendre railleuse :

— Bien joué, monsieur. Mais il ne suffit pas d'entrer ici, il faut encore en
sortir.

— Cela me regarde, monseigneur, répondit France de son ton grave et ferme,
mais afin que vous ne puissiez mettre obs-
tacle à notre sortie en appelant vos gens,
souvenez-vous que je tiens votre vie au
bout de ma main. A reculons, Marcel, à
reculons ! dit-il à son ami, et au premier

geste, au premier cri, fais feu! Ces deux hommes tués, il nous restera encore la chance de trouver dans la bagarre, un moyen de salut.

Et se retirant lentement, à reculons, menaçant à la fois du canon de leurs armes, la tête de M. Philidor et la poitrine de l'ancien ministre, les deux jeunes gens sortirent de la chambre, laissant Fouché et son secrétaire-huissier, à leur tour,

au secret.

CHAPITRE DOUZIÈME

XII

Où Marcel, qui avait un pied hors du bourbier,
les y enfonce volontairement tous les deux.

France avait étudié sans doute à l'avance

les êtres de l'hôtel et les détours du jardin,

car, à peine eût-il atteint la petite porte

ouvrant sur une rue déserte par laquelle
Marcel avait été introduit la veille dans la
prison, que se tournant vers son compagnon :

— Nous voilà dehors, dit-il, mais nous
sommes loin d'être sauvés. Si nous avions
le malheur de retomber dans les griffes
d'un homme comme Fouché, nous aurions
je crois de la peine à nous en tirer une seconde fois. Filons vite.

— Filons, répondit Marcel. Mais avant
tout, dis-moi comment il se fait que tu aies
pu non-seulement découvrir l'endroit où
j'étais enfermé, mais encore deviner que
j'étais à Paris? Je n'y suis que d'hier.

— Plus tard, je te dirai tout ce que tu
voudras. Quant à présent, occupons-nous
du plus pressé. Or, le plus pressé, est de
gagner un asile, et un asile sûr.

— N'allons-nous pas chez toi ? demanda

Marcel.

— Chez moi ! Dans un hôtel garni ! nous

y serions arrêtés en arrivant. Fouché, une

fois sorti de sa cage, et cela ne peut tarder

plus d'une ou deux heures, va mettre à

nos trousses tous ses limiers, leur pre-

mière visite sera certainement à mon logis.

J'ai mieux que cela pour nous cacher. Seu-

lement la course est longue. Arpentons,

nous causerons lorsque nous serons assez

éloignés et assez perdus dans les rues de

Paris pour ne pas craindre d'être pour-

suivis.

Marcel allongea le pas sans mot dire, et

tous deux ne tardèrent pas à disparaître

dans l'ombre.

Au moment où ils sortaient de la rue

déserte dans laquelle ils avaient débouché,

comme ils étaient à peine encore à quelques pas de la porte dérobée du jardin, un homme à l'allure cauteleuse, enveloppé jusqu'aux yeux dans un manteau, y pénétrait par l'autre extrémité.

C'était Noireau qui se rendait près de son chef.

Quelques minutes plus tôt, et il se trouvait en face des deux jeunes gens qu'il

La fin de cet ouvrage paraîtra incessamment sous le titre de : *la Fille de l'Espion.*

(Note de l'Editeur.)

n'eût pas manqué de reconnaître, car Noireau avait, comme les animaux de la race
féline, des yeux aussi clairvoyants dans
l'obscurité qu'au jour.

Mais, heureusement, les deux amis
étaient alors trop-éloignés pour être aper-
çus, et se dirigeaient rapidement vers Saint-
Mandé ; car, on l'a sans doute deviné, c'é-
tait chez Athénais que France voulait conduire son ami, c'était à elle qu'il voulait

demander pour cette nuit une hospitalité

provisoire, espérant, dès le lendemain,

faire sortir Marcel de Paris.

Au point où en étaient arrivées les choses

et après ce qui venait de se passer, France

comptait sur la saine raison de son ami

pour le faire renoncer à la malheureuse

entreprise dans laquelle il l'avait si inconsi-

dérément poussé, et aux tristes résultats

de laquelle il n'avait échappé que par mi-

racle, il n'y avait pas une heure.

Aussi, dès qu'après avoir passé les ponts

et s'être engagé dans les petites ruelles qui

entouraient la Grève, il se jugea assez loin

de l'hôtel de l'ex-ministre de la police pour

ne plus redouter d'être atteint, sa pre-

mière parole fut-elle celle-ci :

— Je suppose, Marcel, qu'à présent tu

te considères comme dégagé envers Cadoudal et les siens. Tu en as assez fait, tu as risqué assez gros déjà, pour que tu puisses, sans honte, te retirer de la lutte; c'est au moins mon avis, et tu sais que, sur semblable matière, pour tout ce qui touche à l'honneur, je ne suis pas optimiste. Qu'en penses-tu, toi-même ?

Marcel réfléchit quelques instants.

— Ce que tu me dis-là, France, répondit-il, est la simple paraphrase de mes pensées depuis plusieurs jours. C'est mon

amour pour Marie qui m'a fait me jeter
dans les projets de Cadoudal bien plutôt
que ma conviction propre. J'honore et j'ad-
mire le grand homme qu'ils veulent tenter
de renverser, et je regarderais, comme un
véritable malheur public, la réussite de
leurs desseins. Cependant j'ai juré de les
partager. Maintenant que le but que je
poursuivais est anéanti, maintenant que j'ai
perdu tout espoir de me rapprocher de
Marie, mon plus vif désir serait de me re-

tirer d'une entreprise que je réprouve, non

par crainte des nouveaux dangers qu'elle

peut assumer sur ma tête, Dieu m'est té-

moin que je fais aujourd'hui peu de cas

de la vie, mais par cette unique raison

qu'elle n'a aucune de mes sympathies.

Mais suis-je maître de me dégager ainsi

moi-même ? Et si Cadoudal venait de nou-

veau réclamer mon concours, devrais-je le

lui refuser ?

France ne put retenir un geste d'impatience.

— Non, dit-il résolument, tu ne le devrais pas. Seulement, et c'est ce qui me rassure, ni Cadoudal, ni aucun autre ne viendra rien te réclamer. Il y a maintenant cent à parier contre un qu'en voyant leurs projets percés à jour, ils y auront renoncé. Toute la question aujourd'hui est de savoir si, poussant la loyauté jusqu'à la folie, tu as envie, demain, une fois sorti sain et sauf de Paris, d'aller te remettre à leur

disposition pour recommencer quelque

nouvelle escapade?

— Oh! pour cela, du tout, répondit vi-

vement Marcel. Je me suis engagé dans une

affaire ; du moment qu'elle est abandonnée,

je suis dégagé envers toute autre. Quant à

chercher à me rapprocher soit de Cadoudal,

soit d'aucun des hommes de son parti, ja-

mais.

— A la bonne heure! s'écria France joyeux. Au moins n'ai-je plus rien à redouter pour toi, et si Ludwig a besoin de mon aide bientôt, ce que je crains, je pourrai m'occuper de lui sans préoccupation.

Ils étaient arrivés à la hauteur de la Bastille; le silence qui régnait dans ces parages peu fréquentés, leur permit d'entendre derrière eux des pas qui semblaient se régler sur les leurs.

Tous deux se retournèrent, par un même mouvement, mais il ne virent personne.

Ils pressèrent leur marche ; les pas qu'ils entendaient devinrent aussitôt plus pressés.

— Diable ! dit France à voix basse, on jurerait que nous sommes suivis !

Seraient-ce déjà les limiers de Fouché qui nous pourchassent.

— Impossible, répliqua Marcel ; il ne peut avoir sitôt donné l'alarme. Au reste,

il faut en avoir le cœur net. Arrêtons-nous
et regardons mieux.

Les jeunes gens s'arrêtèrent, et jetant
dans l'ombre un regard perçant, aperçu-
rent, en effet, plusieurs hommes enveloppés
dans des carricks de couleur sombre qui
les suivaient à une cinquantaine de pas de
distance, et qui s'étaient arrêtés comme
eux.

— Diable ! — Diable ! — répéta France
entre ses dents, cela devient inquiétant...

si l'on était encore sur les bords du Rhin,
on pourrait s'expliquer, et, ma foi, s'il fallait se battre, on se battrait; mais ici, il
n'y faut pas songer. Au premier coup de
pistolet nous aurions sur les bras toute une
populace de mouchards. Décidément je regrette mon ancien métier, car j'avais au
moins mes coudées franches... Allons, pres-
sons les pas, et s'il continuent à nous suivre, mon pauvre Marcel, je ne donnerais
pas un petit écu de notre liberté.

Les deux amis se mirent à arpenter le terrain de toute la vitesse dont leurs jambes étaient susceptibles, sans courir néanmoins.

Derrière eux les pas retentirent avec la même régularité désespérante.

Cette sorte de course silencieuse continua pendant une vingtaine de minutes, au bout desquelles France s'arrêta tout court.

— Qu'est-ce? demanda Marcel étonné
de ce brusque temps d'arrêt?

— Ne vois-tu pas ce personnage, revêtu d'un carrick comme en portent ceux
qui nous suivent, et qui vient de déboucher
de cette rue latérale?

— En effet... Et à en juger par son at-
titude, il ne me semble pas douteux que
son intention soit de nous barrer le chemin.

— Alors, dit France avec insouciance,

puisqu'il ne nous est pas possible d'éviter

le combat, puisque nous sommes cernés

par derrière comme par devant, en avant,

Marcel, n'est-ce pas ?

— En avant ! répondit Marcel.

CHAPITRE DOUZIÈME

(Suite.)

XII

Il ne leur fallut pas longtemps pour rejoindre l'inconnu, qui, en les voyant venir
directement à lui, s'était arrêté ; il les attendait.

— Halte! leur cria-t-il d'une voix impérieuse, lorsqu'ils ne furent plus qu'à
quelques pas de lui.

— Ho! ho ! vous criez bien haut, mon
cher monsieur, et vous n'êtes pas poli, répliqua France raillant. Moi je vous dirai
tout simplement que vous ayez à nous li-
vrer passage, si vous ne voulez pas faire
connaissance avec ceci.

Et la batterie de ses pistolets qu'il ar-
mait rendit un bruit sec, auquel répondit

comme un écho celle des armes de l'inconnu.

— J'ai aussi de ces ustensiles là, dit celui-ci.

— Passons-lui sur le ventre ! cria Marcel.

— Sacrebleu ! s'écria à son tour l'inconnu en remettant vivement ses pistolets en poche, je reconnais cette voix. Est-ce vous monsieur d'Autherny ?

— Le général ! fit Marcel au comble de la surprise.

— Ah! par exemple, messieurs, dit Cadoudal, — car c'était lui en effet, — si je
m'attendais à rencontrer quelqu'un ce soir,
dans les rues de Paris, ce n'était certes pas
vous, monsieur d'Autherny, que je croyais
encore entre les griffes de Noireau, ni mon
ancien lieutenant que je supposais resté
en Allemagne.

— Et grâce auquel vous devez de me
voir libre, interrompit Marcel; il n'y a pas
une heure que j'étais encore, non plus

entre les griffes de Noireau, mais entre

celles, beaucoup plus redoutables, de son

patron Fouché. Mais vous-même, général,

comment se fait-il que vous soyez à Paris,

et, chose plus étrange encore, que vous

vous trouviez justement aposté sur notre

route ?

— Tout cela est fort simple, mon ami,

répliqua Cadoudal en baissant la voix. Je

suis venu à Paris parce que le moment d'a-

gir approche et qu'à ce moment suprême,

je dois être là, à la tête de vous tous. Je

me trouve sur votre route, parce que si

Fouché a sa police, j'ai aussi la mienne, et,

afin d'être sûr qu'elle soit bien faite, je la

fais souvent moi-même. Nous vous sui-

vions, mes hommes et moi, sans vous re-

connaître, et vous prenant pour deux séides

de l'ex-ministre, depuis votre sortie de son

hôtel.

— Ainsi rien n'a été changé à vos

premiers projets ? demanda le jeune

homme.

— Rien, répondit énergiquement le chef de chouans. Je n'attends plus pour mettre à exécution les plans convenus que l'arrivée d'Angleterre de quelque-uns des nôtres. Je puis, je l'espère, toujours compter sur vous ?

— Oui, général, dit Marcel. Je vous ai promis mon concours; je ne manquerai pas à ma parole.

— Alors il vous faut retourner sur vos pas avec nous. Il y a cette nuit une réunion

générale à laquelle vous devez assister.
Faites bien attention à mes indications,
parce que nous nous y rendrons tous séparément et que par conséquent vous devrez
y aller seul. Depuis quarante-huit heures
seulement que nous sommes à Paris, nous
avons déjà à nos talons toute la police de
Fouché, et les plus minutieuses précau-
tions nous sont nécessaires. La première
dont nous nous sommes fait une loi est de
ne jamais marcher qu'isolément. Écoutez
donc bien ; vous irez jusqu'à la place de la

Révolution. Plus bas, sous le quai, au bord
de la Seine, un peu avant Chaillot, vous
trouverez une maison basse, ayant des
volets verts et devant laquelle sèche ou est
censé sécher nuit et jour un épervier. Cet
épervier est l'enseigne secrète de la maison.
Son propriétaire est un des nôtres ; il est
pêcheur et marchand de vin ; il s'appelle
Pornic et a pour sobriquet le nom de Père
l'Epervier. C'est là. Nous y serons tous
cette nuit, à deux heures.

— J'y serai, dit Marcel.

En ce moment un des hommes qui étaient restés en arrière accourut précipitamment et fit un signe particulier au chouan.

— Nous sommes observés, dit Cadoudal, précipitamment, au jeune homme ; séparons-nous.

Et tous, Cadoudal en tête, disparurent comme par enchantement dans les rues latérales, laissant de nouveau seuls les deux amis.

France, par discrétion, s'était tenu à l'é
cart pendant l'entretien qui venait d'avoir
lieu. Mais au milieu du silence, presque
malgré lui, il n'en avait perdu que peu de
mots.

— Iras-tu ? dit-il brusquement.

— Oui, répondit Marcel ; il le faut.

— Alors viens que je te mettes au moins
sur ton chemin, car la route est longue et
tu n'as que le temps. Si tu retombes dans
les mains de Fouché, je tâcherai de t'en tirer encore.

Ce fut tout. Le généreux cœur ne trouva pas un accent de colère, un mot d'amertume contre l'événement si imprévu qui venait de détruire en une miuute toute son œuvre d'audace et de dévouement.

France conduisit Marcel par des rues détournées jusqu'au bord de la Seine et lui montrant la ligne argentée du fleuve :

— Voilà ton chemin, lui dit-il ; fasse le ciel que tu ne trouves pas au bout un précipice trop profond.

Il allait lui serrer la main et le quitter.

— Embrasse-moi, lui dit tristement Marcel. J'ai dans l'idée que nous ne devons plus nous revoir.

— Bah ! s'écria France en s'efforçant de rire ; tous les gens qui touchent à la corde ne sont pas pendus. Ne suis-je pas là, d'ailleurs.

Les deux jeunes gens s'embrassèrent, se pressèrent la main et s'éloignèrent chacun dans une direction différente, Marcel pour aller se sejeter dans tous les hasards d'une

conspiration insensée ; France pour aller

demander à la pitié de la jeune fille de

Saint-Mandé l'hospitalité d'une nuit.

FIN DU CAPITAINE ROLAND.

TABLE

DES CHAPITRES DU QUATRIÈME VOLUME.

Wassy. — Imprimerie de Mougin-Dallemagne.

En vente :

LA FAMILLE DE MARSAL

par Alexandre DE LAVERGNE, auteur de : LE CADET DE FAMILLE, UN GENTILHOMME D'AUJOURD'HUI, etc.

ALAIN DE TINTENIAC

par THÉODORE ANNE, auteur de : le CORDONNIER DE LA RUE DE LA LUNE, la REINE DE PARIS, le MASQUE D'ACIER, etc.

CROCHETOUT LE CORSAIRE

Roman maritime, par ERNEST CAPENDU, auteur de l'HOMME ROUGE, MARCOF LE MALOUIN, etc.

LES TROIS HOMMES NOIRS

par LUC-CHARDALL, auteur de : la FERME AUX LOUPS, etc., etc.

L'OISEAU DU DÉSERT

par Elie BERTHET, auteur de : le GENTILHOMME VERRIER L'HOMME DES BOIS, le DOUANIER DE MER, les EMIGRANTS, la BÊTE DU GEVAUDAN

LE NAIN DU DIABLE

par Mme la comt. DASH, aut. de : la SORCIÈRE DU ROI, la BELLE AUX YEUX D'OR, les CHEVEUX DE LA REINE, la MAISON MYSTÉRIEUSE

LES CHEVALIERS DU CLAIR DE LUNE

par le vicomte PONSON DU TERRAIL, auteur de : les MÉMOIRES D'UN HOMME DU MONDE, la BELLE ANTONIA, etc.

Wassy. — Imp. de Mougn-Dallemagne.

www.ingramcontent.com/pod-product-compliance
Lightning Source LLC
Chambersburg PA
CBHW070203030726
47505CB00006B/1565